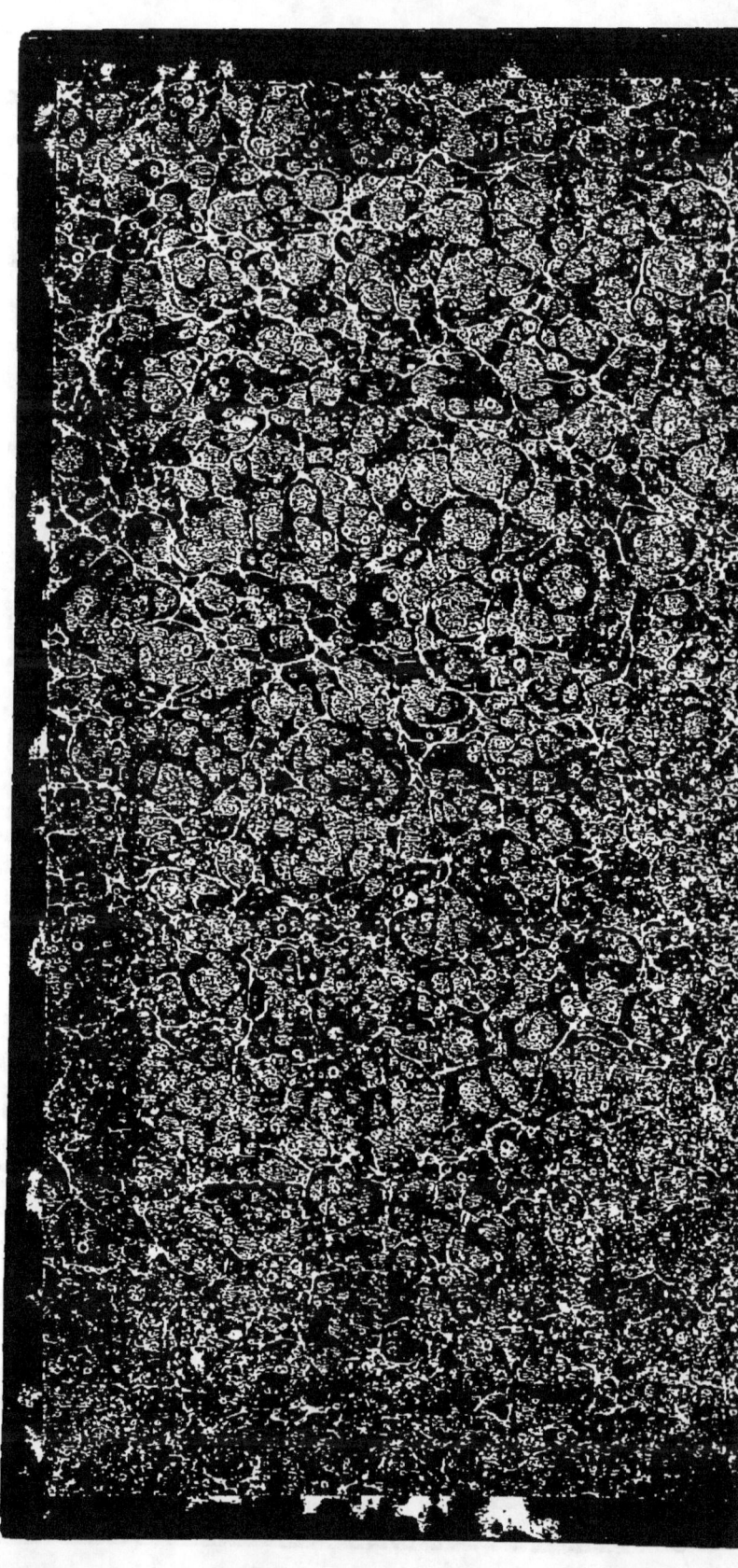

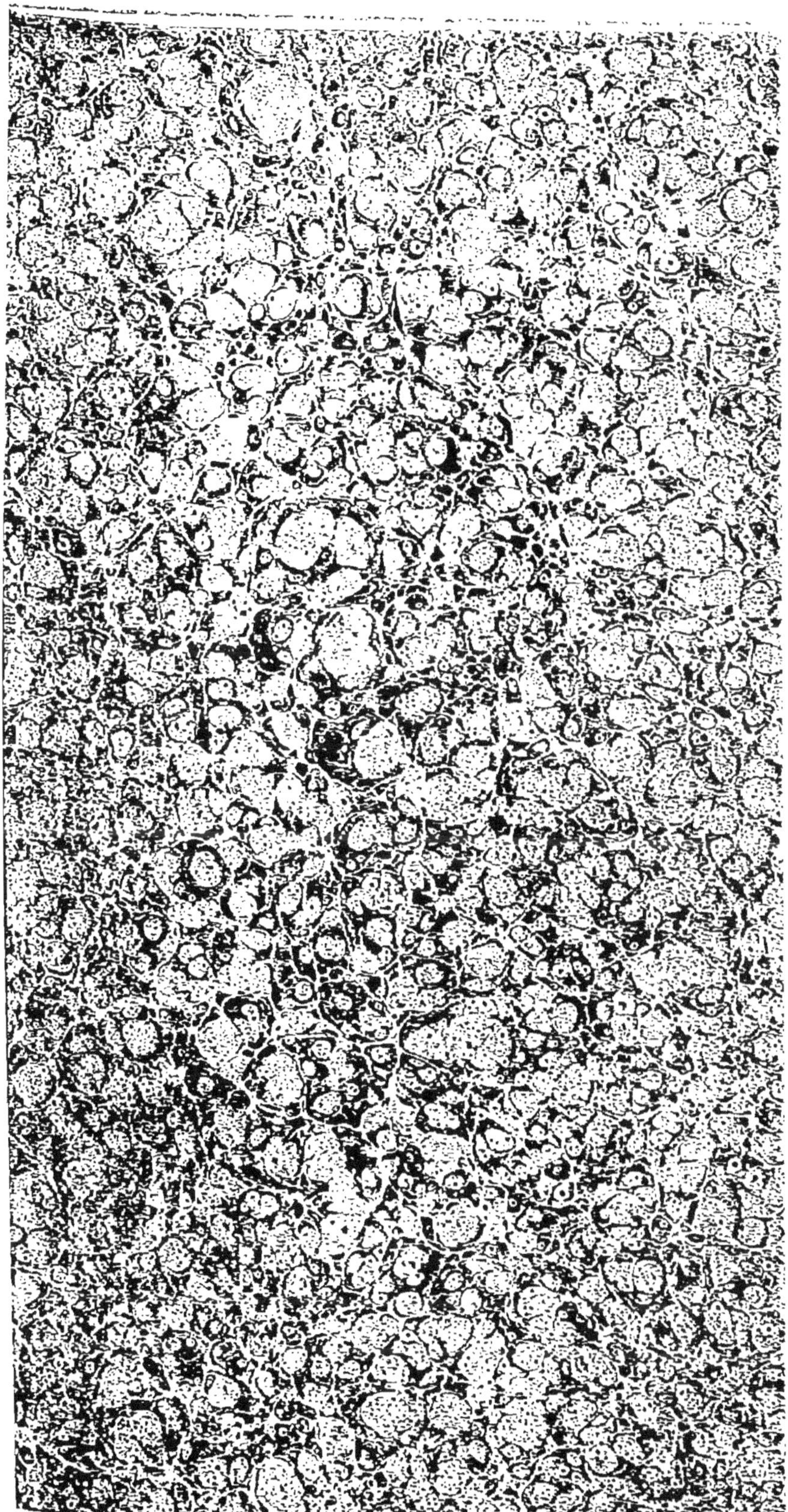

L'AIMABLE
INSTITUTRICE.

PARIS, IMPRIMERIE DE A. BELIN,
RUE DES MATHURINS S.-J. N° 14.

Page 307.

Madame de Semeville pose une couronne sur le front de Valérie . . . .

L'AIMABLE INSTITUTRICE,

OU

LA CAUSEUSE DES PENSIONNATS DE JEUNES DEMOISELLES, AUX HEURES DES RÉCRÉATIONS,

PAR P. C.,

Auteur du MENTOR DE L'ENFANCE, du CONTEUR DES ÉCOLIERS, du PARFAIT JEUNE HOMME, etc., etc.

CONVERSATIONS INSTRUCTIVES, AMUSANTES,

Entremêlées de CONTES, NOUVELLES, *d'une* INSTITUTRICE *qui, par une* MORALE EN SOUVENIRS, *s'applique à préserver ses Élèves des premiers* ÉCUEILS DU MONDE.

Sous un sombre bosquet, séjour des rêveries,
L'esprit aime à goûter d'aimables CAUSERIES;
Le doux parfum des fleurs, le papillon errant,
Des lambris de lilas, le jasmin enivrant,
Les rayons du soleil, le ruisseau, le feuillage....
Que ce tableau magique a d'empire au jeune âge!
C'est là que LA CAUSEUSE, avec ses SOUVENIRS,
Déguisait ses leçons en d'innocens plaisirs.

ORNÉ DE 4 JOLIES GRAVURES.

PARIS,
PHILIPPE, LIBRAIRE, RUE DAUPHINE, N° 20.
1829.

L'AIMABLE

INSTITUTRICE,

OU

LA CAUSEUSE DES PENSIONNATS

DE JEUNES DEMOISELLES,

AUX HEURES DES RÉCRÉATIONS,

PAR P. C.,

Auteur du [illegible]

[illegible], etc.

CONVERSATIONS INSTRUCTIVES, AMUSANTES,

Entremêlées de Contes, Nouvelles, [illegible]

par une Maîtresse [illegible]

Élèves des premiers [illegible]

[illegible]

ORNÉ DE 4 JOLIES GRAVURES.

PARIS,

PHILIPPE, LIBRAIRE, RUE DAUPHINE, N° 20.

18[illegible]

QUELQUES RÉFLEXIONS

PRÉLIMINAIRES

DE L'AUTEUR.

Depuis long-temps MADAME LA COMTESSE DE SENVILLE, notre CAUSEUSE, avec laquelle je me trouve lié par un concours de circonstances, qui, d'ailleurs, intéresseraient fort peu, m'avait parlé, mais toujours d'un ton confidentiel, d'un certain manuscrit que je lui voyais cacher furtivement sous le coussin de sa bergère, chaque fois que je venais à paraître dans son appartement; ce manuscrit, couvert en maroquin rouge, avait l'aspect de ces *porte-feuilles mystérieux*, alimens éternels de romans, de mélodrames, dont l'ouverture testamentaire doit infailliblement révéler de grands crimes ou causer de grands bouleversemens dans une famille....

« Vous composez donc, madame? lui dis-je en souriant. Ah! vos vertus, vos talens, votre belle ame me donnent la garantie de l'utilité de vos précieux ouvrages; vous avez vécu très-long-temps à la cour de Marie-Antoinette, dans le grand monde; vous avez vu, en observatrice profonde, pleine de pénétration, de sagacité, passer sur la scène capricieuse et mobile de la vie tous les tableaux de nos mœurs; vous avez médité sur les orages des passions de la jeunesse, sur les périls de la beauté et les chutes de la coquetterie; votre cœur est toujours resté pur au milieu de ce tumulte corrupteur... Ainsi, vous ne pouvez, traçant vos portraits avec le pinceau de vos seuls SOUVENIRS, qu'attacher fortement vos lecteurs par ce charme qui n'appartient qu'à une plume imbue de la délicatesse de vos principes.... »

—« Trêve d'éloges, répondit madame LA COMTESSE DE SENNEVILLE; oui, je compose, et je ne fais plus mystère, dès aujourd'hui, du sujet que j'ai choisi: INSTITUTRICE pendant quelques années dans un des pensionnats les plus estimés de la capitale, mon usage, à la belle saison, était de réunir dans un des bosquets du jardin toutes les JEUNES PERSONNES qui, sorties déjà des puérilités de l'adolescence, touchaient à cette époque intéressante, voisine de nos premiers débuts dans la jeunesse et dans le monde: passage délicat, important, que mon expérience me faisait un religieux devoir de signaler à mes élèves, comme un point de départ digne de nos plus sérieuses méditations:

« De nos premiers pas dans la société, leur avais-
« je dit mille fois, dépend le bonheur ou le mal-
« heur de toute notre vie; tout le fruit des meil-
« leures théories, des recommandations, des pré-
« ceptes les plus affectueux, est perdu, tombe devant
« une seule et première faute; et une famille respec-

« table qui avait fait tous les sacrifices nécessaires
« pour satisfaire aux frais d'une sage et brillante édu-
« cation, a souvent eu la douleur de se voir frustrer
« de son juste espoir par une seule inconséquence !
« Ah ! mes enfans, » ajoutais-je, en les serrant
« dans mes bras, en leur prodiguant des conseils,
« des tendresses vraiment maternelles, « quand vous
« prendrez un jour le rôle que votre rang, votre
« fortune, vos avantages, votre âge, votre état
« d'épouse vous assigneront dans la société, rap-
« pelez-vous à chacun de vos réveils de MADAME DE
« SENNEVILLE, de cette seconde mère qui faisait
« consister tout l'orgueil de ses devoirs dans la cer-
« titude non-seulement de vous préserver des sé-
« ductions du vice, mais encore de vous faire sentir
« toute la supériorité des attraits de la vertu et de
« l'honneur !..

— « Le croiriez-vous, monsieur !... ces jeunes personnes restaient souvent muettes, et comme insensibles à ces maximes générales, qu'elles avaient d'ailleurs lues cent fois dans nos meilleurs moralistes : telle onction touchante que je misse dans mes préceptes, je m'aperçus plus d'une fois avec amertume, avec dépit, que je ne leur faisais que l'effet d'un *livre* dont la sécheresse n'a jamais connu le chemin de l'ame... J'avais beau leur parler des écueils du luxe, des égaremens dans lesquels nous entraînent le bal, les bruyans plaisirs, les théâtres, les liaisons inconsidérées, les prestiges de la parure, où l'étude de nous-mêmes et le silence du sentiment sont sans cesse sacrifiés au brouhaha des faux plaisirs, continuellement étouffés sous le bruit des équipages, des fauteuils, des affections de pure parade, des festins splendides sans appétit, sans gaîté, des réunions de toilettes présidées par l'ennui, par l'orgueil.... Eh bien! non, non; mon auditoire restait sourd à ces leçons, et m'assurait même ne rien connaître à une morale qui se puisait dans un avenir encore inconnu....

Allons, me dis-je, jusqu'à présent je n'ai pas bien étudié le cœur de la jeunesse, et si des hochets amusent l'enfance, une MORALE EN RÉCITS, EN ENTRETIENS, des CONVERSATIONS, des NOUVELLES instructives, mais aussi amusantes (c'est le grand point), où j'aurais soin de toujours présenter mes personnages victimes de leurs erreurs, ou récompensés de leurs vertus, produiront peut-être de plus heureux résultats. Essayons, en effet, m'appliquant à rédiger toutes les *réminiscences* de ma première jeunesse, lorsque j'eus amassé assez de matériaux, je m'empressai de prévenir mes JEUNES PERSONNES que j'avais les plus jolies choses du monde à leur conter, pour peu qu'aux HEURES DES RÉCRÉATIONS elles consentissent, au lieu de préférer des jeux folâtres, à me prêter attention. Bref, mes premières CAUSERIES (car je me gardai bien de donner un nom plus pompeux à ces ENTRETIENS) eurent tout le succès que je me flattais d'en obtenir : le temps était alors magnifique, c'était dans l'été ; le ciel même semblait favoriser mon louable dessein, et à chaque récréation mon auditoire devenait plus nombreux. Placée, comme le dit mon épigraphe, dans un bosquet dont les roses, les fleurs les plus suaves de toutes parts charmaient la vue et les sens, là, dans cette salle d'étude et de repos champêtre, dont un double banc en gazon y offroit un siége circulaire, je présidais aux LEÇONS, aux CONTES, ou plutôt à d'innocens plaisirs ; là, dis-je, je faisais aimer LA MORALE, LA VERTU, LA RELIGION, tantôt en arrachant de douces larmes, tantôt en esquissant leurs plus gracieux tableaux. Ces charmans enfans, de plus en plus avides de m'entendre, quittaient tout pour entourer leur aimable CAUSEUSE (car c'est le nom qu'elles me donnèrent), et me suppliaient tous les matins de ne pas manquer de les récréer par de nouveaux SOUVENIRS.....

Enfin, forcée un jour par mon âge de céder mon Pensionnat, il fallut à la fois mettre un terme aux CAUSERIES : toutefois les croquis m'en étant restés, il me vint, il y a peu de temps, l'idée de les mettre en ordre, afin de faire jouir d'autres JEUNES DEMOISELLES de tous les avantages qu'avaient puisés dans mes ENTRETIENS celles qu'on m'avait confiées. Vous le voyez, termina madame de Senneville, en me montrant le curieux LIVRE ROUGE, le manuscrit est tout prêt. Cependant il faut un titre, un dernier coloris sur le style; consentez donc à être *mon teinturier*, et moi je consentirai, de mon côté, à partager les honneurs de la réussite, si l'urne d'Apollon nous seconde : toutefois, comme homme de lettres, vous êtes plus au fait de la mise en œuvre d'un ouvrage.... »

« De tout mon cœur, répondis-je : le titre ne sera pas difficile à trouver; il s'annonce de lui-même :

« L'AIMABLE INSTITUTRICE, OU LA CAUSEUSE DES PENSIONNATS DE JEUNES DEMOISELLES AUX HEURES DES RÉCRÉATIONS;

« Et quant au titre secondaire..., rien de plus coulant; c'est une conséquence toute naturelle du premier :

« LA MORALE EN SOUVENIRS, etc., etc. »

Madame de Senneville, ne laissant pas de sourire à l'heureuse coïncidence de mes idées avec les siennes, les honora de son approbation; et me livrant ses ENTRETIENS, ou CONVERSATIONS édifiantes, témoigna ne vouloir recueillir d'autre prix de ses observations, de son expérience et de ses veilles, que la pensée consolante d'avoir contribué à la félicité des JEUNES PERSONNES, en leur prouvant que la vertu seule en est la principale base : elle n'exigea qu'un secret, celui de son vrai nom, et me pria d'y substituer celui de *Senneville*, qui est purement pseudonyme.

Ainsi, après cet AVERTISSEMENT, plaise à Dieu que mes lectrices reconnaissent que le *teinturier* n'a pas tout-à-fait gâté une belle étoffe qui n'avait besoin que d'un peu plus de lustre!

L'AIMABLE

INSTITUTRICE.

PREMIÈRE CONVERSATION,

AUX HEURES DES RÉCRÉATIONS.

MADAME LA COMTESSE DE SENNEVILLE, directrice d'un Pensionnat; ses malheurs; son plan d'éducation en CAUSERIES et sa MORALE EN SOUVENIRS; un bosquet est le théâtre de ses Conversations. — Première Nouvelle : LA DEMOISELLE DE COMPAGNIE, OU L'ÉCRIN DE DIAMANS. MAXIMES, MORALITÉS, etc.

« CAUSEUSE intéressante, INSTITUTRICE aimable,
Décorant la raison de brillantes couleurs,
Dans les épanchemens d'un entretien facile,
Ressemble à l'arbre agréable et fertile,
Qui nous promet des fruits en nous donnant des fleurs. »

Poëme de la Conversation, chant 3.

DELILLE.

Oui, mes aimables et chères amies, je tiendrai ma parole, en ouvrant cette PREMIÈRE SÉANCE champêtre de mes CONVERSA-

TIONS; et remontant, pour ainsi dire, sous vos yeux, le fleuve de ma vie, je vais m'efforcer de vous signaler tous les écueils où votre inexpérience pourrait un jour faire naufrage.

C'est ainsi que débuta MADAME LA COMTESSE DE SENNEVILLE, entourée, dans un bosquet, d'un groupe de jeunes personnes, qui, dans un silence respectueux, mais libre, assises sur un banc de gazon circulaire, ornées de la seule parure de leur innocente jeunesse, attendaient avec un charme indicible, le récit de toutes les choses intéressantes que la docte CAUSEUSE leur avait promises.

Combien ce tableau devait avoir de charme et d'éloquence!.. Madame de Senneville, touchant à son neuvième lustre, encore belle dans son automne, offrait sur ses traits pleins de douceur et de majesté ce mélange charmant de décence, de noblesse, et à la fois cette expression d'indulgence qui rassure la timidité; une couronne aurait reçu un nouvel éclat de l'éclat de sa vertu empreinte dans sa noble physionomie : un air de haute distinction et de dignité respirait dans toute sa personne, dans le moindre de ses gestes : la pudeur semblait s'être réfugiée dans ses regards ; sur ses lèvres, dont il ne sortait jamais que des expressions pures comme son ame : sa taille, au-dessus de la moyenne, faisait aussitôt concevoir combien elle avait dû briller autrefois dans un salon, à la cour ; et sur ses belles mains, habituées aux pierreries, combien encore elles avaient dû se faire remarquer par leur perfection et par leur blancheur : son pied, extrêmement petit et parfait dans ses formes, laissait présumer qu'il n'avoit jamais été chaussé que de satin, des étoffes les plus fines, qu'il ne s'était posé que sur le parquet d'un appartement somptueux, ou le tapis moelleux d'un élégant équipage ; tout donc, dans sa démarche, révélait sa noble origine, ainsi que la naissance d'une femme de qualité. Cet air inimitable n'appartient qu'à la vertu, ornée par le talent.

Le bouleversement révolutionnaire ayant

anéanti la majeure partie de sa fortune, fait périr le comte, son époux infortuné, sur l'échafaud, son fils ayant terminé sa glorieuse carrière sous les drapeaux du prince de Condé, dans un des régimens des émigrés, il lui avait fallu bien aimer encore l'existence, après tant d'affreux revers, pour la consacrer tout entière au bonheur d'une fille unique et précieux reste de tant d'objets si chers que la tombe avait dévorés.

Olympie (c'est le nom de cette charmante créature) méritait bien, par ses vertus, par ses attraits, que sa mère cessât, en la regardant, de trouver la vie odieuse.

Madame de Senneville, d'ailleurs, parlant plusieurs langues étrangères, l'anglais, l'espagnol, l'italien, sachant le dessin, la géographie, l'histoire, douée enfin d'un profond esprit, et de facultés supérieures, n'avait pas jugé pouvoir mieux utiliser ses talens, qu'en se mettant à la tête d'une MAISON D'ÉDUCATION achetée avec les derniers débris de ses richesses envahies par des perturbateurs éblouis du prestige des nouveautés.

Le succès avait couronné son entreprise, et elle eût été heureuse, si une épouse pouvait jamais oublier que son époux a péri victime d'une démagogie sanguinaire, si, dis-je, une mère pouvait ne plus se ressouvenir que son fils a expiré, privé de ses embrassemens, sur un champ de bataille, sur un théâtre de carnage qui ne connaissait ni les droits du prisonnier de guerre, ni le cyprès des saintes sépultures !.....

Telle est, en rapide analyse, l'intéressante et vertueuse INSTITUTRICE que la fortune, quittant une seule fois son bandeau, avait judicieusement choisie pour diriger l'éducation de nos jeunes héroïnes.

Ainsi, propriétaire d'un des premiers pensionnats de la capitale, faubourg du Roule, Olympie, sa fille, la secondait de tout son zèle dans ses travaux, et l'on ne doutera pas, d'après le portrait que j'en ai fait, qu'il suffisait aux mères d'un seul instant d'entrevue avec madame de Senneville, pour qu'elles s'estimassent extrêmement heureuses d'avoir trouvé une DIRECTRICE de ce mérite. Enfin telle était la renommée de ses talens et de ses vertus, que dans le monde on l'avait surnommée LA SECONDE CAMPAN; n'était-ce pas faire son panégyrique en deux mots?

OLYMPIE, tel qu'un lys naissant près de la reine des fleurs, quoique battu par l'orage, n'en était que plus belle. La teinte du malheur ne répand-elle pas sur les traits un charme touchant bien au-dessus du plus brillant coloris de la prospérité? De même aussi le génie s'épure, se fortifie au creuset de l'infortune, tandis qu'il sommeille et s'anéantit dans un tranquille bonheur.

Le front d'Olympie était donc embelli de cette douce pâleur qu'on pourrait nommer ici *le deuil du sentiment*. Jamais un rire folâtre n'avait, à son avis, profané sa bouche. Quand un père, quand un frère, répondait-elle quelquefois, à cet égard, à ses jeunes compagnes qui lui reprochaient sa silencieuse mélancolie, ont été lâchement assassinés par des rebelles aux lois, à la religion ; quand deux tombes sacrées ont d'éternels droits à nos pieuses et filiales douleurs, vous seriez, mes amies, disait-elle, les premières à m'accabler de vos mépris, si je cessais un instant de consacrer mes plus tendres souvenirs à ces mânes sacrés ! ! !....

En proférant ces mots, mademoiselle de Senneville s'éloignait à pas lents de ses compagnes, en essuyant ses pleurs, ou plutôt elle allait jouir du triste plaisir de les répandre au pied d'un mausolée en marbre noir, ombragé de peupliers, de cyprès, de tuyas, que la comtesse, pour tribut de veuvage, avait fait élever au fond du jardin, au milieu d'un gros bouquet de bois qui lui servait comme de ceinture tutélaire.

C'est là qu'Olympie se rendait souvent, munie de quelques roses ou violettes destinées à parfumer ces cendres révérées, en appelant chacune de ses funèbres visites, *Le Pèlerinage filial*... C'est là qu'elle s'affermissait dans ses principes de vertu; car honorer la tombe d'un père, c'est remplir les devoirs qui plaisent le plus à la Divinité.

Les jeunes élèves se seraient donc bien gardées de suivre Olympie, lorsqu'elle était plongée dans ses rêveries funèbres; mais, à son retour du *Pèlerinage filial*, elles allaient toutes au devant d'elle, lui serraient tendrement les mains, sans prononcer un seul mot. Alors deux feuilles de roses s'épanouissaient sur ses joues de lys, et ce seul sourire des yeux leur annonçait que sa visite respectueuse au tombeau lui avait rendu le calme d'une douleur paisible, de cette sorte de spleen de cercueil qui ne laisse pas de nous causer mille sensations délicieuses.

Cette digression nous a un peu écarté de l'ouverture de notre PREMIÈRE CAUSERIE ou CONVERSATION; mais n'était-il pas indispensable de faire l'esquisse succincte d'un personnage qui tient de si près au principal pivot sur lequel vont désormais tourner toutes nos narrations?...

Olympie, à la fleur de l'âge, modèle de candeur, d'esprit, de talens, de modestie, n'imitant personne dans ses défauts, inimitable dans ses vertus, le portrait vivant de la comtesse, la remplaçant dans une grande partie des immenses détails de l'administration de la maison, n'avait-elle pas droit à nos plus délicats pinceaux?.. Elle jouera, d'ailleurs, un trop grand rôle dans ces SOUVENIRS, pour que nous ne nous soyons pas empressés de tracer ici quelques traits rapides de son caractère et de sa personne.

Enfin madame la comtesse de Senneville s'étant préparée, ayant jeté un dernier coup d'œil sur quelques notes historiques, quelques fragmens rédigés la veille à la hâte, placée d'ailleurs sur une des parties les plus élevées du gazon, sa fille près d'elle, dans un degré un peu plus bas, le silence de ces lieux enchanteurs n'étant plus troublé que par les légers zéphirs, que par le papillon errant de feuillage en feuillage, par le murmure éloigné du jet d'eau d'un bassin, notre héroïne ouvrit cette PREMIÈRE SÉANCE, donnant ce titre à cette première CONVERSATION :

LA DEMOISELLE DE COMPAGNIE,

OU

L'ECRIN DE DIAMANS.

Fait historique.

GARDEZ-VOUS bien toujours, mes bonnes amies, de confondre le titre de *Fille d'honneur* ou *de Demoiselle de compagnie*, avec celui de *Fille de l'honneur !!!*... Quelle immense distance il se trouve entre ces deux expressions !... La première n'est qu'une écorce brillante que peut s'appliquer l'être le moins fait pour s'en revêtir; mais la seconde, qui ne puise son titre que dans un mérite personnel, est bien supérieure à la première.

Je saisirai d'ailleurs cette occasion de

VOUS FAIRE remarquer combien ce mot d'*honneur* est *élastique*, combien il se prête, dans le monde, à toutes les inflexions de l'erreur, à tous les vains systèmes de l'orgueil, combien il s'étend de la vertu à l'infamie!... Il signifie tout, et ne signifie rien. Par exemple, tel vous dit avoir eu l'*honneur* de se battre en duel. On a eu l'*honneur* d'écrire à un faquin, de saluer un sot et de faire une observation à un impudent, et quand on ne sait plus que dire dans une missive, on a l'*honneur* d'être.

Oui, l'*honneur* est un mot sans pluriel, car il faut bien se garder de faire un *quiproquo* avec les *honneurs* qui signifient toute autre chose. Ainsi, tel a beaucoup d'honneurs qui n'a pas du tout d'*honneur*...— Pour les femmes, l'honneur est dans la chasteté, dans la fidélité au serment conjugal, dans la vertu enfin, qui comprend tout ce qui est délicat et juste de faire! Ayons d'ailleurs de l'honneur sans rudesse, et de la pudeur sans affectation.

En général, lorsque vous serez dans le monde que je vais dans tous mes récits m'efforcer de vous peindre sous les couleurs les plus vraies, préservez-vous bien de préjuger favorablement ou défavorablement *sur les apparences*!... Rien n'est plus trompeur, mes enfans, et comme vous concevrez facilement à cet égard qu'il est bien plus facile de se parer des dehors de la vertu, que d'en avoir le véritable sentiment, vous rencontrerez partout et dans tous les rangs de la société de ces hommes, à les entendre, de la probité la plus scrupuleuse; de ces femmes qui pour chasteté commode, s'arment à chaque moment du plus austère appareil des pruderies. Paris, particulièrement, renferme de ces protées habiles, de ces adroits caméléons, de ces femmes-*syrènes*, profondément manégées, qui, d'un œil exercé à tous les rôles, à toutes les pantomimes, peuvent feindre parfaitement, en l'espace d'une minute, le scrupule, le meilleur ton, la décence, la dignité, l'amitié la plus tendre, l'indignation, l'épanchement confidentiel, la franchise, la bonhomie, l'accent du sarcasme, du persifflage, et enfin tout à la fois passer de la haine à la plus affectueuse sincérité de sentimens.

Leur bouche perfide est l'asile du mensonge ; c'est là qu'il réside, ayant à ses côtés l'indélicatesse et la légèreté de mœurs qui forment son fidèle cortége.

D'abord on vous embrasse, on vous fatigue de caresses ; votre ame ingénue, au sortir du PENSIONNAT, les croit aussi sincères que les vôtres : cette prodigalité d'attachement part rarement du fond du cœur ; elle est l'expression trompeuse et banuale des procédés de la mode, du désœuvrement qui singe l'amitié, n'ayant pas l'énergie d'en supporter toute la force.

Soyez donc extrêmement réservées dans le choix de vos liaisons ; et sur tout dans celui d'une *amie*... ; n'en ayez jamais qu'une : il faut un cœur bien vaste pour contenir tout l'empire d'un seul attachement....

A ce passage des exhortations judicieuses de madame de Senneville, toutes nos aimables pensionnaires, assises circulairement, mais par couple, jetèrent les yeux l'une sur l'autre comme pour s'affermir et se tranquilliser par de nouveaux sermens tacites. Chaque amie semblait dire à son amie : *Que nous sommes loin, nous, de ressembler à ces personnages factices dans leurs attachemens imposteurs!... La candeur de notre âge n'est-elle pas un sûr et mutuel garant de nos sincères affections.* Des embrassemens silencieux, mais qui n'en furent que plus vivement sentis, scellèrent ces douces et mutuelles assurances; là, une énergique pression de mains disait : *Nous ne nous quitterons jamais!* Ici, la folâtre *Aglaé Daiglemont*, pleine d'esprit, de saillies heureuses, cœur excellent, tête un peu évaporée, protestait à la mélancolique Olympie, qu'hymen, époux, fortune, corbeille de noces, bal masqué, et même les plus jolis chapeaux, ne seraient pas cap bles d'altérer la plus légère partie de ses sentimens pour elle !

Notre Causeuse fut émue jusqu'aux larmes de ces effusions touchantes qui l'investissaient de toutes parts, comme les vapeurs d'un encens délicieux s'échapperaient d'une quantité de cassolettes embaumées...

Ah ! se disait-elle tout bas, que ne puis-je conserver toujours dans cette céleste virginité tous ces jeunes cœurs tels qu'ils se montrent ici, aujourd'hui, sous ces lambris de lilas, sous ce dôme de jasmins, de feuillage et de roses... ; roses moins fraîches que les émanations de leur belle ame !!!...

Le trouble agréable que cette scène fugitive avait répandu dans la conversation s'éteignit (si je puis m'exprimer ainsi), se dissipa par un seul regard doux, mais imposant de madame de Senneville ; tout l'auditoire rentra insensiblement dans le plus profond silence, tous les yeux se portèrent sur la Causeuse, et elle reprit avec dignité le fil de ses narrations.

Rien n'est plus romanesque que le trait que je vais vous faire connaître, dit-elle; et si je n'en avais été témoin oculaire, j'en douterais peut-être moi-même.

MARIE-ANTOINETTE, notre infortunée et dernière Reine, revenait de Marly, en calèche attelée de quatre coursiers brillans, escortée seulement de quelques pages, de deux heiducs, et d'un cavalcadour; une jeune enfant qui jouait dans la forêt non loin de sa chaumière, voyant s'élever des flots rapides de poussière se trouble, s'épouvante, et au lieu de se réfugier vers la lisière du bois voisin de sa demeure, elle court, égarée, vers les chevaux de la calèche, qui l'eussent infailliblement foulée sous leurs pieds, sans l'adresse et la prudence du postillon, et surtout le premier élan plein d'humanité, de sensibilité de la Reine, qui, debout, ses belles mains en avant, l'œil brûlant d'inquiétude, tremblante que l'innocente créature n'ait déjà été blessée par le fer meurtrier des chevaux (aucun des mouvemens de SA MA-

JESTÉ ne m'échappa, puisque j'étais avec deux dames d'atours dans une seconde voiture qui suivait immédiatement la sienne)... Heureusement que le Ciel se déclara pour l'enfant et pour nous, et que par un vrai miracle, elle ne reçut pas la moindre blessure. Le royal équipage s'étant tout-à-fait arrêté, la Reine, qui d'ailleurs alors était à peine à son cinquième lustre, dans tout l'éclat de sa beauté et de sa jeunesse, semblable à la mère des Amours, en prit un sur ses genoux.... Je veux dire que, pour consoler la charmante enfant, car en effet il n'était pas possible d'être plus jolie, SA MAJESTÉ lui prodigua les plus tendres caresses, les plus faites pour calmer l'effroi mortel qu'elle avait eu, et enfin chercha à apaiser ses pleurs et ses craintes en vidant une bonbonnière sur son petit jupon de laine rouge rayée.

Cependant la petite, revenue de son effroi, paraissait éprouver de nouvelles alarmes de se voir sur les genoux d'une grande dame si différente, sous tous les rapports, des personnes avec lesquelles elle vivait habituellement.

A cette époque Sa Majesté n'avait pas eu encore d'enfant, et tous les vœux maternels n'avaient pu manquer de se reposer ici sur cette jolie créature qui eût fait, en qualité de sa fille, tout son orgueil, tout son bonheur...

Toutefois la petite continuait toujours de se débattre comme un petit diable, à la seule idée qu'on chercherait à la séparer de ses petits frères, de ses petites sœurs, et surtout de sa grand'maman *Catherine Jaquelin*...

Ses beaux cheveux blonds, bouclés par la nature, qui tombaient à grands flots sur ses épaules d'albâtre, ses grands yeux bleus remplis des plus belles larmes, et sa petite bouche de rose qui balbutiait son désespoir, tout ce spectacle, d'autant plus puissant sur l'imagination, qu'il était fortuit et inopiné, toucha vivement la souveraine, et soudain elle conçut le projet, qui ne lui vint peut-être à l'esprit que sur les résistances de l'enfant, de l'emmener, de faire soigner son éducation, et enfin de se charger de sa fortune.

Ce dessein, rapide comme la pensée, avait été à peine conçu au milieu des débats de la petite, qui faisait flotter sa belle chevelure sur les pierreries de la Reine, et fuyait ses caresses, ses baisers, en en ignorant, l'insensée!... tout le prix dans son agreste innocence, que la grand'maman, courbée en deux sous le poids des années, s'appuyant sur une béquille, sortit d'une pauvre cabane couverte de chaume, en portant des regards inquiets sur le chemin de la forêt...

Marianne (c'étoit le nom de notre petite héroïne) causait ses craintes; mais venant bientôt à l'apercevoir sur les genoux de la Reine, elle se rassure aussitôt, et ne sait dans quels termes témoigner son profond respect, sa gratitude pour tant de bontés, pour tant d'honneurs...

Cependant aussitôt que la petite Marianne a aperçu sa grand'mère *Catherine*, elle veut s'élancer vers elle, et fait maints efforts pour s'échapper des bras de SA MAJESTÉ. — Quelle est cette enfant, lui dit la Reine? — « Hélas! madame, lui répondit la « bonne vieille, c'est le sixième de ma fille « qui vient de mourir elle-même veuve « depuis peu de mois. Tout est resté à « ma charge, et sans les charités de quel« ques bons seigneurs qui viennent sou« vent à la chasse par ici, je ne sais vrai« ment pas comment je m'en serais ti« rée!... — Allons, c'est fort bien; rassurez« vous, lui répondit SA MAJESTÉ : ce soir « même quelqu'un de ma maison vous « mettra, vous et les cinq enfans qui res« tent à votre charge, au-dessus du be« soin; en attendant je me charge de celle« ci....; avec votre consentement toute« fois, et je réponds de son sort. — Ma« dame!..., repartit la vieille, touchée « jusqu'aux larmes, c'est sans doute Dieu « qui vous envoie pour alléger ma mi« sère!... Ma petite-fille ne peut être que « la plus heureuse des créatures dans vo-

« mains, car vous êtes pour le moins une
« princesse, ou bien une baronne???
« En attendant de nouveaux bienfaits,
« reprit la Reine, tenez... (Et elle lui fit
« remettre par un de ses gardes une bourse
« qui contenait une quarantaine de pièces
« d'or). — Ah ! madame, s'écria l'octogé-
« naire, pénétrée de reconnaissance et en
« tombant à genoux, êtes-vous un ange?...
« êtes-vous une divinité?... »

La Reine daigna lui sourire; et faisant le geste du départ, les six chevaux couverts d'écume, impatiens et fougueux, enveloppèrent dans de nouveaux flots de poussière le brillant équipage, les plumes flottantes du chapeau de Sa Majesté, et couvrirent du bruit de leur course rapide les cris de la petite Marianne, qui voulait à toute force rejoindre sa grand'maman, et, dans sa puérile ingénuité, ne pouvait apprécier tous les trésors que l'aveugle déesse, la Fortune, venait de lui prodiguer.

Sa Majesté, arrivée au palais, à Versailles, par l'escalier de marbre (escalier de funeste mémoire, par lequel, à l'affaire du 5 octobre, au commencement de la révolution, des assassins nocturnes faillirent commettre le plus odieux des régicides en surprenant la Reine au lit.....), Sa Majesté, dis-je, rentrée dans ses appartemens, fit transporter dans un berceau la belle Marianne, qui s'était endormie sur ses larmes : tout en la déshabillant, les femmes de la Reine l'avaient parfumée, parée, ou pour mieux dire, ne suffisait-il pas de laisser découvertes ses épaules, sa poitrine, toute sa carnation d'ivoire, ses petits bras faits à peindre, ses belles joues vivement colorées par le hâle du village, toute cette superbe nature enfin que n'avaient jamais fanée les vernis du luxe et les molles langueurs de l'opulence, pour voir dans Marianne le chef-d'œuvre des cieux !.....

Pour la Reine, il n'y avait pas deux heures que l'enfant était en son pouvoir, et elle en raffolait déjà comme la plus tendre la plus passionnée des mères : ce spectacle, d'ailleurs, semblait lui présager ce que la cour, ce que la ville, ce que toutes les provinces désiraient avec tant d'ardeur; et s'entourer d'enfans était pour son imagination superstitieuse l'augure propice d'en avoir elle-même : tantôt, tirant d'une main les rideaux en taffetas du berceau, elle se plaisait à contempler LE BEL ENFANT DE LA CHAUMIÈRE (c'est le surnom qu'elle lui donna), faisait contempler à leur tour à ses femmes toute la délicatesse des traits de sa protégée; tantôt, marchant sur la pointe du pied, pour ne pas l'éveiller, elle refermait ces mêmes rideaux, dans la crainte que l'éclat des bougies ne vînt effrayer ses innocentes paupières.....

Quel tableau !... Mes bonnes amies, interrompit madame de Senneville, pourriez-vous vous en figurer un plus digne de votre intérêt ???...

Tout ne concourrait-il pas là pour charmer, pour enchanter l'imagination la plus froide???...

Par une heureuse et analogue allégorie, le berceau de la jolie créature avait la forme d'un petit vaisseau; deux ancres, sculptées en acajou, ornées de superbes dorures, en formaient la base, et un aigle, le cou recourbé pour tenir les draperies dans son bec, faisait par ses larges ailes déployées l'effet des voiles.

— C'est bien l'image des hasards de la vie !... réfléchit la Reine; le front du Destin, jusque-là si sévère pour ma protégée, se déride, et me charge de dispenser ses faveurs capricieuses; une heureuse *navigation* l'amène à bon port, et enfin elle *jette l'ancre* près la pourpre des lis!...

En ce moment, les huissiers, les valets de chambre annoncèrent la duchesse de Guéménée, le duc de Lauzun, la princesse de Polignac, et une foule de grands seigneurs !..... — Venez, venez, dit la Reine avec transport, venez contempler ce que la nature a produit de plus parfait!!!... Et aussitôt Sa Majesté conduisit le groupe nombreux, plein de curiosité, près de l'aimable enfant, toujours plongée dans un profond sommeil, sommeil de l'innocence, qui n'était légèrement effleuré que par les images de sa famille qui lui étaient représentées en songe.....

— Alors, poursuivit madame la comtesse de Senneville, en ma qualité de seconde lectrice de la Reine (feue madame Campan étant la première), j'expliquai à l'assemblée par quelle aventure romanesque les bontés infinies de SA MAJESTÉ avaient placé Marianne dans ce berceau, dans ce salon, où certes sa naissance était loin de l'appeler!... — Ainsi, se mit à dire le duc de Lauzun, héros aussi brave que spirituel : « *Marianne, telle que la reine* « *de Golconde, s'est endormie hier sous* « *le chaume, et va se réveiller sous le* « *dais.. Puisse ce destin étrange,* ajouta- « t-il, dans une réflexion philosophique, « *ne lui rien présager de sinistre!!!!* »

En effet, notre héroïne tendant ses petites mains, balbutiant le nom de sa grand'-maman, témoigna par de nouveaux regrets les approches de son réveil; ses ébats renouvelèrent la défense, la résistance opiniâtre qu'elle fit dans l'équipage royal, sur les genoux de SA MAJESTÉ...

Enfin elle a ouvert tout-à-fait ses grands yeux où se peint l'azur des cieux....; et quelle est sa surprise, en voyant, à l'éclat resplendissant des lumières, un cercle de personnes chamarrées de broderies, étincelantes de pierreries, que le reflet des lustres rend encore plus brillantes!!!

Marianne crie de nouveau; elle se lamente; il faut que les femmes de la Reine l'emportent, la consolent.... Bref, des hochets l'ont apaisée. — Vous le savez, mes enfans, il y en a pour tous les âges....

— SA MAJESTÉ tint d'abord pendant quelque temps sa belle protégée auprès d'elle; un service particulier de femmes lui fut donné; la beauté de l'*enfant de la chaumière* croissait de plus en plus; chaque aurore semblait apporter de nouvelles roses aux roses de son teint. Déjà, on le conçoit, elle avait oublié ses petits frères, ses petites sœurs, que le caducée de la Fortune n'avait pas touchés comme elle, que l'aveugle déesse avait laissés, peut-être plus heureux, dans toutes les simplicités de leur indigence. Le passé s'était entièrement effacé de sa mémoire, si ce n'est sa grand' mère, dont le souvenir revenait quelquefois à ses sens imparfaits comme celui d'un songe. Cependant la Reine, douée d'une mémoire parfaite quand il s'agissait d'effectuer des bienfaits promis, eut grand soin de faire remettre, par un de ses pages, à Catherine Jaquelin de nouvelles marques de sa munificence; elle ordonna même à son secrétaire des commandemens de placer les frères et sœurs de sa protégée dans une pension décente, et de veiller à leur éducation, se proposant par la suite de les établir, de les doter, et enfin d'éterniser en eux un des nombreux monumens de sa bienfaisance.

Ainsi voyez, mes chères amies, réfléchit ici madame de Senneville, quelle bizarrerie dans les fantaisies du Destin!..

Marianne, foulée aux pieds des chevaux, fait sa fortune par le résultat d'un accident qui devait causer sa perte; et de l'urne des malheurs sort une foule de prospérités qui se répandent sur toute sa famille!!!

Soyez-en toujours convaincus, continue notre vertueuse INSTITUTRICE, rien n'est impossible au souverain dominateur des mondes; d'un souffle il soulève, il calme les vagues courroucées de l'Océan, conduit le crime orgueilleux à l'échafaud, et place l'indigence modeste près du trône...

Ne vous laissez-donc jamais égarer par un sombre désespoir quand de grandes infortunes viendront à peser sur vos têtes; opposez sans cesse à l'infortune une conscience sans reproche : bientôt Dieu qui vous regarde, qui vous éprouve, sourit à votre vertueux courage en couronnant votre patience, votre résignation des plus brillantes faveurs.

A cet endroit du récit de la comtesse, un papillon, beaucoup plus incivil que ceux qui l'avaient précédé, vint folâtrer dans le bosquet de nos JEUNES PERSONNES, et troubler le cours de l'entretien. En vain Laure, Aspasie, Clémentine, Éléonore, Sophie, Zoé, firent-elles maints efforts pour le chasser ou le prendre...; il savait, tel qu'un léger colibri qui vole de branche en branche, échapper à toute l'adresse de ses ennemies, et revenait ensuite se jouer, parmi les lilas, sur leur chevelure, de leur dépit impuissant.... : l'irrespectueux insecte semblait s'attacher tout particulièrement au front, aux joues de madame de Senneville.

Enfin Olympie a su le saisir...; mais en l'attrapant elle a pris à la fois un fil de laiton qui le dirigeait : alors tout ce groupe d'adolescence entend des éclats de rire désordonnés derrière les charmilles de leur salle champêtre des CAUSERIES.... Qu'était-ce, enfin ? l'étourdie, la folle Aglaé, cette amie intime, inséparable d'Olympie, qui, malgré toutes les plus belles qualités du cœur, ne laissait pas de commettre, dans l'effervescence de son caractère, mille inconséquences, mille espiégleries, souvent fort désagréables et fort importunes.

Madame de Senneville ne put donc s'empêcher de la gronder, quoique avec tendresse, de l'indiscrétion qu'elle avait commise; mais Aglaé demanda pardon avec une grâce si touchante, avec des expressions si naïves, que notre Institutrice ne pouvant lui tenir long-temps rancune, la prit, la serra dans ses bras, et oublia tout-à-fait l'indiscret papillon dans ces douces étreintes.

Aglaé, volage comme son âge, n'ayant plus de souvenir que pour les caresses et non pour les gronderies de la maîtresse, s'échappa en fredonnant une romance, et ne songea plus qu'à effacer sa faute d'une manière ingénieuse et délicate. — Voyons, réfléchit-elle (car quelquefois elle se piquait aussi de réfléchir....), qu'offrirais-je qui soit digne de notre adorable comtesse? Des fruits! non; mais plutôt des fleurs, un bouquet, un bouquet charmant qui fasse bien ma paix, et devienne l'interprète de toute ma tendresse filiale !.... Idée charmante !... Allons, et ne regardons pas aux épines. A travers cinq à six pirouettes et de bonds enfantins, Aglaé a donc bientôt composé le plus joli bouquet de l'empire de Flore ; mais ses petits pieds, tout mignons qu'ils soient, ont foulé bien des fleurs, bien des plantes, ce qui est loin de divertir le jardinier, qui peste, qui jure et menace de tout dire à madame... Aglaé lui répond par de nouvelles pirouettes, et s'échappant dans le bois, elle s'y assied sur l'herbe, près du double mausolée, prend son portefeuille, son crayon, et se mordant un doigt, cherche à tirer de sa jeune cervelle des rimes heureuses qui expriment son attachement, excusent le papillon malencontreux, et marient bien en même temps les parfums de la poésie aux parfums de ses fleurs...

Enfin, à force de méditations... (Aglaé méditait aussi ;... elle pouvait même rester assise pendant quatre mortelles minutes !...

effort prodigieux pour ses esprits composés de vif-argent!) à force, dis-je, de méditations, elle a ébauché ces vers qu'elle croit les plus jolis du monde, et qu'elle ne troquerait pas contre la gloire des tragédies d'Esther ou d'Athalie.

D'un papillon léger que guidait ma malice,
Oubliez, Senneville, un larcin indiscret,
Pouvait-il bien goûter le charme, le délice,
De vos discours heureux le magique secret?....
Notre cause est commune, et comme lui folâtre,
Je partage sa faute et son volage instinct;
On le vit de tout temps de roses idolâtre.....
Il ne se trompait pas en cherchant votre teint.....

Au milieu de ces fleurs voyez son esclavage!....
Oui, pour vous seule encore il a su se fixer;
Pardonnez à ses jeux, pardonnez à mon âge:
Je n'aurai de raison... que pour bien vous aimer!...

A peine Aglaé a-t-elle terminé son petit chef-d'œuvre improvisé, que, plaçant le *papillon coupable* au milieu de son gros bouquet, elle se lève, elle court, elle vole vers la statue de Minerve, qui se trouvait placée près du bassin, lui fiche ses fleurs et ses vers dans la main droite, de manière à ce que le tout soit bien ostensible, et puis se cache, se blottit derrière le piédestal, en attendant le retour dans les classes de madame de Senneville, qui passait ordinairement au pied de cette statue, lorsqu'une cloche annonçait que le temps de la RÉCRÉATION était fini.

Baissée, accroupie, un doigt dessus la bouche, notre charmante espiègle, attend donc avec la plus vive impatience; pour elle les secondes sont des heures entières; elle recommande bien surtout par ses signes au jardinier de ne pas la trahir malgré son trop juste ressentiment, et à cet effet elle lui montre quelque légère monnaie : au pensionnat on achète le silence pour les fredaines, comme dans le monde un sot obtient, avec de l'or, l'emploi d'un homme d'esprit.

Cependant la sonnerie, si odieuse quelquefois aux oreilles des jeunes pensionnaires, ne fait pas entendre ses vibrations déchirantes, et l'aiguille de l'horloge de la maison menace encore notre étourdie de l'attente d'une grande demi-heure. Dans cette situation désespérante pour sa vivacité, mademoiselle d'Aiglemont ne trouve rien de mieux à faire que de sonner elle-même la cloche. Cette cloche n'est d'ailleurs qu'à deux pas : projet conçu, projet exécuté; et un carillon d'enfer trouble aussitôt les CAUSERIES de madame de Senneville, qui la première se lève, suivie de toutes ses jeunes élèves, et se dispose à rentrer. Soudain Minerve présente un bouquet, un papier roulé... — Aimable folle! s'écrie madame de Senneville en prenant les vers et les fleurs de la main de la statue; c'est sans doute encore un tour d'Aglaé!... — Elle lit à haute voix; et s'il lui fût resté le moindre souvenir des folies de mademoiselle d'Aiglemont, cette affectueuse et galante réparation n'était-elle pas bien faite pour l'effacer à jamais???... Mais à peine a-t-elle dit le dernier vers...

Je n'aurai de raison... que pour bien vous aimer!...

que notre espiègle s'est élancée de sa cachette, et a serré dans ses bras son institutrice... — Madame de Senneville fut d'abord vivement surprise d'une action si peu prévue, et il lui fallut quelques instans pour revenir de sa frayeur, ce qui ne pouvait manquer de divertir infiniment Aglaé. Quant à sa dernière supercherie, toutes ses compagnes, malgré leur amour de l'étude, apprirent bientôt, par une *sous-maîtresse*, qu'on leur avait dérobé une grande demi-heure de loisir. Aglaé, afin de les en indemniser, fut obligée pour punition de faire une centaine d'*exemples d'écriture* aux plus petites de la classe *lilas*, et d'accorder toutes les guitares ou harpes pendant huit jours.

Pour nous, rédacteur, éditeur, auteur,

voire même *teinturier*, pendant que nos héroïnes chuchotent entre les leçons, mangent à la dérobée des chatteries, font des niches à leurs maîtres, songent aux aventures de Marianne, étudient le français, l'anglais, l'italien, la musique, la danse, et enfin se livrent, sous la surveillance de leur sage INSTITUTRICE, à toutes les sciences utiles, à tous les arts d'agrément qui peuvent former le cœur et orner l'esprit des JEUNES PERSONNES, préparons la suite de la PREMIÈRE CAUSERIE de la comtesse, et faisons connaître la fortune de l'ENFANT DE LA CHAUMIÈRE dans ses brillans progrès.

DEUXIÈME CONVERSATION.

Suite des aventures de la DEMOISELLE DE COMPAGNIE ; réflexions morales ; quelques notions sur LA CONDUITE des JEUNES PERSONNES. — Deuxième Nouvelle : LA MÈRE COQUETTE CORRIGÉE, etc. — Troisième Nouvelle : LE BAL SCANDALEUX, OU LE BANQUEROUTIER PUNI. Conclusions édifiantes sur ce sujet.

ON pouvait à juste raison appliquer ces vers à madame de Senneville :

« Ses vertus n'ont rien de farouche ;
Ses moindres mots ont un charme qui touche ;
La compatissante bonté,
La tendre sensibilité
Se peignent dans ses yeux, s'expriment par sa bouche. »

Poème de la Conversation, *chant* 3.
DELILLE.

Le moment choisi cette fois ne pouvait être plus favorable : c'était un dimanche ;

journée féconde en longues RÉCRÉATIONS, et pour comble d'accidens heureux, le soleil s'était levé avec une splendeur qui ne laissait aucun nuage aux brillans rayons qui cherchaient, mais en vain, à pénétrer la voûte du bosquet tutélaire; on se fût cru sous le climat brûlant de l'Italie. Mais pourquoi ne pas emprunter ici à DELILLE un *lever* poétique qui peint si bien ma pensée?

« Bientôt sur l'horizon qu'un feu tremblant colore,
Souffle un zéphir léger, précurseur de l'aurore;
Le ruisseau du vallon, dans son cours inégal,
Brille et serpente aux yeux du chasseur matinal;
Des chevreuils et des cerfs la troupe vigilante
Commence à s'égarer sur la mousse ondoyante,
Et l'aigle s'élançant du roc silencieux,
Vole au devant du jour dans les plaines des cieux. »

Dans ce vaste jardin de nos élèves, Pomone et Flore rivalisaient de richesses et de parure. Là, un ruisseau; ici, un espalier couvert de fruits; de ce côté, des gerbes de roses; à cet horizon, un tapis d'œillets; en perspective ménagée, deux rochers parallèles supportant un petit pont chinois ; à chaque pas la violette, le jasmin modeste vous avertissait, par ses parfums, de sa présence : sur les flancs d'un bouquet de bois, un ermitage bien agreste que dominait la croix sainte ; la pitié, amie du recueillement, pouvait y méditer sur les grandes vérités évangéliques, et plus d'une jeune personne y allait jouir des charmes mystiques de la religion.

Quelques pensionnaires aussi cultivaient au milieu de ce jardin leurs jardins particuliers, les ornaient de caisses d'orangers, de mille fleurs que leur fournissaient leurs parens ; et, *insulaires* dans leurs petites propriétés autorisées par la maîtresse, s'isolaient aussi pour mieux goûter dans la belle saison les charmes de la solitude et des confidences.

C'est avec ces fragmens de peinture que je rendrai insensiblement le théâtre des CAUSERIES aussi familier au lecteur, qu'il l'était à la comtesse de Senneville.

AUCUN tableau dans le monde ne joue

plus délicieusement aux prismes de notre imagination que celui qu'en général nous nous formons de la cour, du Roi, de la Reine, des princesses, lorsque, encore jeunes, nous ne les avons jamais vus.

Nous nous élançons alors en idée dans ces résidences sacrées que le pouvoir suprême, le luxe, et tous les prestiges du faste environnent. Nous voudrions avoir des yeux de lynx pour pénétrer dans les moindres particularités du palais ; le *coucher*, le *lever*, le *dîner*, la *parure*, l'*étiquette*, le *cérémonial*, le moindre mot... tout nous intéresse vivement. Que de fois, dans mon enfance, j'ai désiré posséder l'anneau de *Gygès* pour me rendre invisible, pour contempler tout ce spectacle à mon aise !...

Tel était l'heureux, tel était le doux fanatisme de la France, reprit l'Institutrice, avant cette funeste révolution qui a dissipé les illusions les plus agréables, sans rien ajouter à notre bonheur, qu'un seul gant de la Reine eût été un trésor précieux pour le cœur de tout Français. C'est ainsi que les peuples sont heureux : l'âpreté républicaine n'a jamais fait que de tristes et cruels ravages. — *Le Roi m'a parlé, la Reine a daigné me regarder d'un air de douceur*.... En fallait-il davantage pour faire l'orgueil et la fortune de toute une famille????

Ah ! c'est bien vrai ! s'écrièrent toutes ensemble nos jeunes personnes. Je troquerais volontiers, dit Julie, deux ans de ma vie contre deux jours seuls passés à la cour !

Après ces diverses réflexions dictées par le sentiment, inspirées par les *souvenirs* de l'Institutrice sur une cour qui avait fait autrefois toute son idolâtrie comme elle causait alors ses plus vifs regrets, elle reprit le récit des aventures vraiment romanesques de la fille d'honneur ou de la DEMOISELLE DE COMPAGNIE, car nous désignerons souvent sous ces deux qualités, la belle Marianne, l'*heureuse enfant de la chaumière*.

Franchissons, poursuivit madame la comtesse de Senneville, le temps de l'enfance, de l'adolescence même de notre aimable héroïne; ce tableau n'offrirait que peu d'intérêt. On conçoit bien que la Reine n'épargna rien pour son éducation : vertus solides, talens d'agrément, instruction, principes, Marianne avait tout en partage, tant par ses qualités naturelles que par celles acquises; c'était enfin une jeune personne accomplie dont aucun oubli orgueilleux de son origine n'avait éteint l'excellent cœur; car toujours soigneuse de la fortune de ses frères, toujours remplie de tendresse pour la bonne mère Jaquelin, les plus grandes voluptés de son ame bienfaisante étaient d'aller dans une modeste voiture de louage visiter, serrer dans ses bras cette chère aïeule qui long-temps lui avait tenu lieu de mère; Marianne se plaisait, dans les expressions de son amour filiale, à appeler ses visites *ses pélerinages à la chaumière*.

Vous vous demandez sans doute, mes

enfans, pourquoi Marianne n'avait pas recueilli son aïeule dans un logement modeste à Versailles ou aux environs, où elle aurait pu la faire vivre plus décemment, plus agréablement?... — Ce fut aussi la proposition que fit notre héroïne à sa grand' mère; mais cette dernière ne voulut jamais consentir à quitter le chaume sous lequel elle et tous ses enfans avaient vu le jour. — « Mon ambition, avait répondu « la mère Jacquelin aux instances de sa « petite-fille à cet égard, est très-bornée; « te voir de temps en temps, jouir de tes « bienfaits, me contenter de peu, et vivre « dans les lieux qui me rappellent les « moindres particularités de ton enfance, « voilà où se bornent tous mes désirs. « Dans un autre asile, ma fille, j'aurais « sans doute sous les yeux un mobilier « plus élégant, mais le chêne qui t'a prêté « si souvent son ombrage, la pelouse où « je te vis folâtrer, le berceau où j'ai soigné tes premiers ans;... tous ces objets « précieux, si chers à mon imagination,

« à mon cœur, ne seraient plus là pour
« charmer ma vieillesse, et je ne les chan-
« gerais pas contre le plus beau palais du
« monde! »

Marianne n'avait donc plus insisté, et se bornant à embellir l'asile de la vieillesse vertueuse de sa bonne mère, c'était un bonheur pour elle quand elle pouvait s'échapper du château, seule, dans un cabriolet de place, pour porter à son ermitage mystérieux, à son petit temple agreste, quelque nouveau meuble simple, mais d'une propreté élégante. Déjà elle avait fait rassembler dans une chambre particulière tout ce qui lui avait appartenu dans son enfance; un tableau peint de ses mains habiles y représentait toutes les circonstances (circonstances qui lui avaient été racontées tant de fois) dans lesquelles elle avait failli périr sous les pieds des chevaux fougueux de l'équipage de la Reine. Là, dans cette sorte de Thébaïde silencieuse, elle priait le Ciel de ne pas changer ses capricieux et brillans destins en destins funestes !... Là, dis-je, ayant toujours sous les yeux les premiers vêtemens, les premiers témoins de son obscurité, de son indigence, Marianne, remplie de principes religieux, entretenait son âme dans des sentimens d'humilité, la préservait des atteintes de cette vanité sotte, irréfléchie, qui naît, pour des esprits vulgaires, des rapides caprices de la fortune.......

— Cela rappelle, réfléchit madame de Senneville, ce célèbre berger grec qui, étant devenu ministre, gardait sa houlette, sa pannetière, ses habits et ses grossiers cothurnes dans un coffre, les contemplait en secret à l'insu de son souverain, regrettant à la fois ses innocens travaux, sa première tranquillité, bien préférables, hélas ! aux sombres inquiétudes des cours !...

— Oui, je me ressouviens de ce trait d'histoire, interrompit avec vivacité une des élèves ; et si notre chère Institutrice y consent, je l'acheverai... — Volontiers, ma fille, répondit la comtesse de Senneville. — Hé bien, des courtisans, des flatteurs jaloux de l'avancement rapide, des talens, de la vertu incorruptible du *Ministre berger*, l'accusèrent de dilapider les trésors de l'Etat, et donnèrent pour prétexte vain ses fréquentes et mystérieuses visites à ce coffre qui ne renfermait que des attributs de simplicité et d'innocence. Aussi lorsque son roi, voulant satisfaire l'opinion publique, plutôt que la sienne qui ne lui avait jamais retiré son estime, rassembla toute sa cour, et donna ordre à son ministre de les conduire à son coffre, objet de tant de calomnies!...—« Oui, venez, venez, prince, « et vous tous mes ennemis, vous allez être « satisfaits et sur l'heure; oui, vous avez « raison d'appeler *mes trésors* toutes les « richesses que je vais vous montrer! Plût « à Dieu que quelques-uns d'entre vous « eussent porté un pareil culte aux attri- « buts de leur origine, peut-être que leur « ostentation ne serait pas si grande! »

En même temps notre vertueux ministre les guida vers un appartement secret, et ouvrant ce coffre qui les confondit tous:

« *Tenez, voilà mes trésors!... Ils sont*
« *mes uniques biens; et si jamais mon*
« *prince me retirait sa confiance et sa fa-*
« *veur, je retournerais à mes troupeaux,*
« *plus heureux peut-être de conduire des*
« *moutons dociles et reconnaissans, que*
« *des hommes souvent cruels et ingrats!..* »

A ces mots le Roi se jeta dans ses bras, le combla de nouvelles marques de considération et d'amitié; ses colomniateurs confondus furent chassés, et le peuple assemblé sous le balcon du palais du vertueux ministre, fit retentir les airs de ses applaudissemens, de ses transports, en criant :

VIVE CE MINISTRE SI RARE, QUI LOIN DE S'ENORGUEILLIR, DE S'ENRICHIR DE NOS SUEURS, DE NOS SACRIFICES, D'ABUSER DE LA CONFIANCE DU SOUVERAIN, N'A D'AUTRES IDOLES QUE SON PREMIER ÉTAT, SA PREMIÈRE PAUVRETÉ, ET SE DÉVOUE UNIQUEMENT AU BONHEUR DE SES CONCITOYENS !!!

Votre mémoire est parfaite, reprit madame de Senneville, et lorsqu'on interrompt avec autant d'à propos, de justesse et de grâce, on ne peut s'attendre qu'à des complimens. Venez donc, ma chère fille, que je vous embrasse pour vous récompenser de la sagacité avec laquelle vous avez saisi le sens moral de mes discours....

Ici l'Instituricе donna un baiser à l'aimable élève; de plus, elle fit chercher à sa bibliothèque, par Olympie sa fille, un PLUTARQUE DE LA JEUNESSE, très-beau livre doré sur tranche, dont elle fit présent à cette jeune pensionnaire si heureuse en citations.

Ne fut-ce pas un point d'émulation pour toutes? — Aussi chacune s'évertua dès lors à étudier, à pouvoir se ressouvenir dans l'occasion d'un apologue ou d'un trait en situation qui montrât autant de goût que de présence d'esprit.

L'Institutrice, après cette petite séance agréable, reprit: Comme on l'a vu, Marianne était bien loin d'avoir les vices, les ridicules de cette foule de parvenus qui s'efforcent, en changeant de noms, ou alongeant le leur d'une particule, d'un nom de ferme, de cacher leur première bassesse, qu'ils croient complétement masquer par la parure, par un luxe dont leurs créanciers seuls font les frais....

Quand Marianne avait passé quelques heures à son pieux ermitage, où d'ailleurs, elle avait placé près de sa bonne mère, une domestique attentive à tous ses besoins, Marianne remontait en voiture, les larmes aux yeux, et, il faut le dire, quelquefois le cœur gros de regrets, rempli de ces craintes vagues, avant-courrières qu'éprouve une fille sage se voyant, au sein du faste, exposée à tous LES ÉCUEILS DU MONDE...

Un palais, pour l'innocence, est bien plus dangereux qu'une chaumière! La Reine le sentit, et enfin plaça notre héroïne près de la duchesse de Mirefoix, en qualité de FILLE D'HONNEUR ou de demoiselle de compagnie.

C'est là que Marianne, sous le nouveau nom d'*Adélaïde d'Armançay*, déploya chaque jour de plus en plus cet esprit de conduite, ces qualités solides, ces grâces et tous ces talens qui lui attiraient malgré elle, une estime, une admiration générale. Toujours occupée de la fortune de ses frères, qu'elle surveillait, qu'elle aidait des bienfaits mêmes dont la Reine ne cessait de la combler, toujours fidèle à *la chaumière maternelle*, à laquelle elle faisait de temps en temps de secrets pélerinages, Adelaïde d'Armançay coulait des jours heureux au sein de son innocence, comblée des bontés, des caresses de la duchesse de Mirefoix, qui la traitait plutôt comme sa propre enfant, que comme sa fille d'honneur, lorsqu'une circonstance changea entièrement en une sorte de deuil cet état de choses riant et gracieux.....

Voici le fait : Mademoiselle de Mirefoix, fille unique de la duchesse, se trouvait au couvent lorsqu'Adélaïde fut admise; mais son éducation étant achevée, elle revint auprès de sa mère, qui, dans son défaut de pénétration, courant se jeter au devant d'elle, se précipitant dans ses bras, la serrant tendrement dans les siens, la félicita, d'un air de triomphe, d'une chose qui lui serait, disait-elle, extrêmement agréable, d'une chose qui ferait ses plus grands plaisirs.... — De quel bonheur avez-vous donc eu encore la bonté de me préparer la surprise? dit mademoiselle de Mirefoix; après la présence d'une mère, d'une mère chérie, ajouta-t-elle, en renouvelant l'effusion de ses premières caresses, qu'est-ce qui pourrait ajouter à ma félicité?... — Une compagne, ma fille, une amie de ton âge; une charmante créature que la Reine honore de sa protection, qu'elle a fait élever sous ses yeux, qu'enfin Sa Majesté a recommandée à tous mes soins !... Mais cette recommandation, elle était surabondante; Adelaïde d'Armançay, d'une beauté achevée, d'un mérite rare, d'une modestie enchanteresse, mérite toutes mes prédilections; sa fortune est certaine, je me charge de son sort; j'ajouterai, s'il se peut, aux largesses de Sa Majesté, et quant à toi, je suis convaincue d'avance qu'Adélaïde possède déjà ton cœur !....

Dans la volubilité des expressions de sa tendresse pour sa belle protégée, la duchesse de Mirefoix ne s'étant nullement aperçu de la tiédeur, de la froideur même avec laquelle sa fille l'avait écoutée, chaque mot épaississait les ombres qui couvrirent insensiblement son front, en répandant sur toute sa figure des teintes de tristesse et de vague déplaisir : c'est ici le cas de dire quel était le caractère, la personne de mademoiselle de Mirefoix. Douée d'assez d'esprit, à la vérité, mais jalouse à l'excès de son sexe, elle ne pouvait supporter l'aspect de la beauté dans une femme; c'était pour son cœur, plein de fiel, de rage et de dépit, un coup de poignard, lorsqu'une jolie personne venait à paraître devant elle : aussi fuyait-elle la société pour s'épargner ces cruels chagrins. Sous un autre rapport, sa jalousie était assez fondée, si l'on considère qu'elle était un peu contrefaite, et que ce n'était qu'à force d'art qu'on parvenait à dissimuler dans sa taille les torts de la nature. Bref, son autre ridicule, malgré les fréquentes représentations de sa mère, qui faisait beaucoup plus de cas des qualités acquises que des distinctions héréditaires, était de n'estimer que des personnes de haute naissance, et de mépriser souverainement toutes celles qui selon sa pensée, *n'avaient pas de nom*.... On voit donc dans tout cela que mademoiselle de Mirefoix était un bien pauvre, un bien petit esprit !....

La *villageoise* Marianne était tout-à-fait dans la cathégorie des rangs les plus bas de la société; la comtesse de Mirefoix ne l'avait pas d'ailleurs laissé ignorer à sa fille; Marianne elle-même contait son histoire à qui voulait l'entendre. « Je ne suis, « disait-elle souvent dans un cercle nom-« breux de grands personnages, qu'une « pauvre petite paysanne, unique œuvre « des générosités de la Reine; sans le plus « heureux, comme le plus dangereux des

« hasards, j'aurais probablement végété
« dans ma chaumière pendant toute ma
« vie.... »

Cependant ce qui n'enlevait rien pour mademoiselle Adelaïde d'Armançay dans l'estime des gens sensés, faisait naître au contraire des mépris dans les adoptions chimériques de mademoiselle de Mirefoix; et à peine sa maman lui avoit-elle fait une peinture fidèle de l'*amie*, de *la compagne* qu'elle prétendait lui donner, que celle-ci en concevait déjà des préventions défavorables, du dédain, du dégoût même.

C'est dans ces dispositions d'esprit que mademoiselle de Mirefoix rentra à la maison paternelle; Adelaïde alors était absente.... N'en devine-t-on pas la cause?.... Pour un de ses pélerinages chéris que d'ailleurs désiraient tant les villageois des hameaux voisins, puisqu'elle ne reparaissait jamais *à la chaumière*, sans y répandre mille bienfaits, sans y attirer également ceux de la cour, par la grâce charmante et irrésistible, avec laquelle elle postulait quelques faveurs pour les bons paysans, ses parens, ses compatriotes; soit en faisant elle-même des placets, soit en demandant de vive voix; car pour une bonne action Marianne était douée d'un courage au-dessus de son sexe.

Ainsi, quand elle revint à l'hôtel, sur le soir, les femmes de mademoiselle de Mirefoix l'avaient déjà mise au lit, vu les fatigues que lui avaient causées son retour du couvent.

Il fallait donc pour notre héroïne qu'elle remît au lendemain matin la démarche respectueuse, l'hommage que son devoir lui imposait de faire auprès de la fille de la duchesse.

En effet, mademoiselle Adelaïde se présenta sur le midi à l'appartement de mademoiselle de Mirefoix, et comme il ne se présentait en ce moment aucun domestique pour l'annoncer, car encore un des battans de la porte était entr'ouvert, elle pénétra sans se faire entendre, et surprit, pour ainsi dire, mademoiselle de Mirefoix à sa toilette, livrée à l'art d'un coiffeur qui ornait habilement sa tête d'une chevelure artificielle. Marianne n'avait pourtant proféré encore aucune parole, que son visage charmant, éclatant de beauté, de fraîcheur, s'était réfléchi aussitôt dans la glace de la toilette, et ses attraits étaient tels, que, pour une femme même très-jolie, le parallèle eût été humiliant.....

Mademoiselle de Mirefoix, par cet instinct de basse jalousie, d'envie stupide qui, comme je l'ai fait entendre, lui faisait haïr les avantages de son sexe; frémit, pâlit soudain à l'aspect inopiné de ce superbe visage qui venait pour ainsi dire mettre à sa place sa médiocrité; d'un autre côté, le coiffeur, troublé à son tour par la vue de tant de charmes, ne laissait pas d'en faire un éloge tacite par son émotion, de sorte que Mademoiselle de Mirefoix éprouva le malaise le plus cruel.

« Je crains, mademoiselle, de n'avoir

« pas heureusement choisi l'instant de
« vous offrir mes respects, se mit à dire
« en rougissant Adélaïde; mais si j'ai eu
« le malheur aujourd'hui d'être malen-
« contreuse, veuillez être persuadée que,
« pour réparer cette faute involontaire, je
« serai désormais empressée à vous servir
« à toutes les heures du jour et de la nuit. »

Mademoiselle de Mirefoix ne répondit à ce compliment si modeste qu'avec un ton d'aigreur, et la pauvre Adélaïde eut lieu de se convaincre dès ce moment qu'elle avait dans cette méchante créature une ennemie mortelle.

J'abrégerai, mes enfans, le récit de tous les chagrins, de toutes les humiliations que mademoiselle de Mirefoix fit souffrir à notre vertueuse orpheline, chagrins qui lui auraient fait quitter sa place, si la duchesse de Mirefoix souvent ne s'empressait, les larmes aux yeux, de réparer par mille caresses les torts de son orgueilleuse fille.

Cependant jusque là toutes ces amertumes n'avaient eu pour motifs légers et même puérils que l'envie, la jalousie, soit qu'Adélaïde parût dans les réunions de la duchesse, soit qu'elle y chantât ou qu'elle y pinçât de la harpe. — Si leb onheur était chassé de cet état de choses, du moins l'honneur n'avait pas encore souffert la moindre atteinte des doubles intrigues de la calomnie et de la vengeance; mais nous approchons de plus en plus de ce point, le plus malheureux de l'histoire de Marianne.

Le duc de Saint-Méran, jeune homme doué de la figure la plus agréable, grand, bien fait, spirituel, modeste, avait, en quelque sorte, reçu ordre de son père d'adresser ses hommages à mademoiselle de Mirefoix; je dis *ordre*, car il ne la connaissait nullement, et ne se sentait aucune disposition pour cet hymen purement politique, de convenance et d'intérêt. Toutefois il obéit à son père, et se rendit un soir au cercle de la duchesse de Mirefoix. Le jeune duc y trouve réunion brillante; les femmes étaient couvertes de riches pierreries...; une seule, vêtue d'une simple mousseline, le front couronné d'une guirlande de violettes, digne emblême de sa modestie, n'était belle que de sa seule beauté..., Marianne!... Le jeune duc, ravi à son aspect, s'informe du nom de cette charmante personne... — Mademoiselle de Mirefoix, lui répond quelqu'un mal instruit qui paraissait pour la première fois à ces assemblées..... — A ce nom, d'abord vu par le jeune duc sous des préventions défavorables, il conçoit des idées bien différentes, se blâme en secret d'avoir exécuté avec tant de tiédeur les ordres de son père, et bénit son destin qui lui fait ici trouver son bonheur dans son devoir..

Par une circonstance plus favorable encore à Marianne, elle pinçait en ce moment de la harpe, ce qui était pour elle une occasion heureuse de déployer et ses grâces et ses talens. Le jeune duc, qui avait la réputation d'être fort violon, ayant été prié par la duchesse d'accompagner la belle cantatrice, il mit d'autant plus d'empressement à la satisfaire, qu'il crut cette invitation comme un acheminement qui devait enhardir ses premiers hommages : ainsi, déployant tous ses moyens, jamais peut-être le jeune duc n'avait tiré des sons plus mélodieux; son ame tout entière passait dans son jeu; il ravit l'assemblée en même temps qu'il causa de l'ombrage à la modestie scrupuleuse d'Adélaïde, qui se vit là, avec peine, l'objet de soins particuliers qui ne pouvaient qu'offenser sa fierté en alarmant sa délicatesse.

C'est au milieu de cette scène qui d'ailleurs fait déjà circuler les malins chuchotemens, qu'un domestique à grande livrée annonce mademoiselle de Mirefoix, de retour du château des Tuileries, où elle avait été faire sa cour à la Reine.

Vous vous feriez difficilement une idée, mes bonnes amies, dit ici la comtesse de Senneville, remplie de ses SOUVENIRS dont elle savait si bien tirer une excellente morale, des diverses et funestes impressions qui émurent le cœur des différens acteurs de cette scène !... D'abord le jeune duc ne pouvant se rendre maître de son émotion, de son mortel désespoir en apprenant brusquement que la belle virtuose qu'il accompagnait n'est pas du tout mademoiselle de Mirefoix, il ne joue plus qu'avec des distractions, un désordre, une maladresse indicibles que tout le monde remarque; de son côté, Adélaïde, agitée, inquiète par un motif bien différent, pénétrant tout ce qui se passe dans l'ame du jeune duc, se trouble elle-même, tremble, laisse tomber sa voix, et enfin s'évanouit de l'idée seule que mademoiselle de Mirefoix, qui lui lance des regards foudroyans, puisse la croire d'intelligence avec le jeune duc de Saint-Méran.

Quelle situation cruelle !... Paraître coupable au sein de l'innocence par l'effet d'un fatal *quiproquo!*...

Enfin l'assemblée se sépare; Marianne offre ses embrassemens respectueux à la bonne duchesse de Mirefoix; mais quel accueil quand elle se dirige vers sa fille hautaine et jalouse!... — « Retirez-vous « de ma présence, lui dit-elle, et n'osez « jamais m'adresser la parole après ce « *trait d'audace!...* »

Marianne se retira en effet, les joues inondées de larmes, sans pouvoir comprendre la cause de sa soudaine disgrâce, sans comprendre davantage le mot énigmatique de ce prétendu *trait d'audace*; mais elle fut bientôt informée de tout par une femme de chambre, qui avait su par des redites dans quelle erreur avait été mis le duc jusqu'à l'arrivée de la jeune duchesse : tout s'expliquait dès lors, et mademoiselle de Mirefoix pouvait-elle pardonner un pareil outrage, tout involontaire qu'il avait été, d'autant plus que, pendant deux mois après la scène de la harpe, le duc de Saint-Méran ne reparut plus du tout aux cercles de la duchesse, quoiqu'en ne dissimulant pas que si le destin lui avait donné une couronne, il se serait cru trop heureux de pouvoir la déposer aux pieds de la belle Adélaïde d'Armançay.

Il ne s'en fallait pas tant pour animer, pour exciter le dépit, la rage secrète de mademoiselle de Mirefoix, qui, dès ce moment, jura la perte de Marianne, lui supposant quelque complicité, quelque correspondance mystérieuse avec le jeune duc, à laquelle elle serait sacrifiée....

Remplie de ces noirs poisons, elle ne s'occupa plus désormais que du soin de sa vengeance; et, pour elle, le triomphe de perdre sa prétendue rivale, fait son unique délice. Il lui fallait une confidente qui épiât toutes les actions, toutes les démarches de l'infortunée Adelaïde : avec de l'or les opulens n'en manquent jamais dans leurs desseins les plus coupables.... Une des femmes de la duchesse, nommée *Thomassine Sourdeuil*, qui avait vu avec beaucoup d'ombrage l'arrivée à l'hôtel de Marianne, ainsi que l'empire qu'elle s'y était acquis par son mérite, consentit à servir de toute son attention les projets vindicatifs de mademoiselle de Mirefoix. — Mais il y a un moyen bien simple, dit la Sourdeuil. Adélaïde fait des voyages mystérieux...; où peut-elle aller ainsi seule et dans un entier *incognito?*... Ceci cache quelque action condamnable, il n'y a pas de doute. Sur cette fausse induction, Marianne est épiée plus que jamais dans sa conduite; enfin ses deux ennemies découvrent qu'elle se rend dans la forêt de Marly, à une *chaumière* qui fait l'objet de toutes ses prédilections, habitation simple, grossière au dehors, mais ornée, charmante au dedans.....—Le jeune duc sans doute s'y rend aussi en secret!... se dit avec une nouvelle fureur mademoiselle de Mirefoix. — Qu'importe qu'il s'y rende ou non, reprend Thomassine; des prétextes ne doivent-ils pas nous suffire?... Profitons donc de la colère que le jeune duc a inspirée à son père par sa désobéissance, et l'instruisant sous l'anonyme des liaisons scandaleuses qu'il entretient avec une nommée *Marianne*, misérable *enfant trou-*

vée tirée de l'abjection, mais dont l'éducation ne peut faire mentir la première et basse origine; faisons plus, qu'un équipage semblable à celui du duc, pareilles armoiries, se trouve dans un des carrefours de la forêt, à une heure de nuit dont nous conviendrons, et invitons le père à s'y rendre; il prendra complétement le change. Quant à moi, qui suis à peu près de la même taille que Marianne, je feins de sortir de la chaumière d'un air mystérieux et furtif; madame la duchesse votre mère elle-même est dupe du stratagème, et non-seulement nous perdrons cette hypocrite *Paméla* de réputation.... —Mais encore, reprit avec une joie cruelle la vindicative Mirefoix, nous la faisons tomber sous le poids d'*une accusation criminelle*, renfermer dans une maison de force, et la mettons pour long-temps hors d'état de jouer la belle héroïne de roman dans une nombreuse assemblée.... — Expliquez-vous, demanda la Thomassine. — Rien n'est plus facile : toi-même tu te glisses habilement dans la chaumière, sous le déguisement d'un paysan voisin, portant à la vieille qui y demeure quelques présens de la part d'un généreux inconnu, et tu y caches mon ÉCRIN : il renferme pour plus de cent mille francs de pierreries. Bientôt je me dis volée;... on fait des perquisitions; les soupçons tombent sur les allées et venues mystérieuses d'Adélaïde; des exempts investissent la chaumière, l'écrin y est trouvé; à ces vraisemblances nous ajoutons les interprétations, les commentaires qui ne s'arrêtent plus. Marianne, dit l'écho irréfléchi du public, toujours téméraire dans ses premiers jugemens, voulait fuir avec le jeune duc, et s'assurer à elle-même des ressources pour l'avenir !... Soixante témoins à cette assemblée, le jour cruel du concerto de harpe, où je faillis mourir de dépit, jureront, signeront de leur sang, si le je désire, qu'une intelligence secrète, mais visible, régnait entre Adélaïde et Saint-Méran; nous exciterons encore les ressentimens du père du jeune duc; nous allons plus loin, nous insinuerons que son fils a voulu le jouer, en faisant un mépris aussi évident de ses projets de mariage sur moi; et enfin à mettre les choses au pis, nous faisons toujours planer sur la renommée, l'honneur et la vertu de Marianne, un doute, une incertitude flétrissante, qui est la tache indélébile que laisse après soi la calomnie le mieux confondue.

Thomassine, dans la perversité de son caractère, comme dans le but de ses intérêts, ne pouvait approuver qu'aveuglément toutes les propositions de sa perfide maîtresse; un équipage semblable à celui du jeune duc fut donc commandé en secret et prêt au bout de quinze jours; des gens soudoyés allèrent parfois rôder dans la forêt de Marly; au moyen de quelques anonymes, le père de Saint-Méran eut avis que son fils continuait des entrevues clandestines avec la fille d'honneur de la duchesse de Mirefoix; et, pour qu'il n'en pût douter, on l'invitait à se trouver, à la chute du jour, à tel endroit du bois où il verrait filer au grand trot l'équipage du jeune duc....

En effet, ce père, le jouet de ces deux cruelles mégères, s'étant caché dans un fourré du bois, reconnut non-seulement les armes et la voiture de sa maison, mais encore il vit une grande et belle femme, couverte d'une vaste pelisse en soie noire, sortir des environs de la chaumière, et monter furtivement dans l'équipage du jeune duc....

Ainsi, la preuve est complète; et quoique les avertissemens charitables qu'on lui donne ne soient point signés, le duc, cependant ne peut révoquer en doute ni la vérité, ni la justesse des faits, puisqu'il les a déjà vus de ses propres yeux. Ainsi, dis-je, l'honneur de Marianne, flétri par d'atroces imputations, est déjà, dans tous les cercles de la capitale, l'objet des plus sanglans brocards, tandis que, hélas! l'infortunée Adélaïde ne s'occupait en secret que de son amour filial, d'actes de bienfaisance ignorés, et des plaisirs innocens qu'elle goûtait quelquefois dans l'asile de son enfance!

Ce n'était pas encore là que notre jalouse et cruelle duchesse prétendait borner sa vengeance, poursuivit madame de Senneville devant son intéressant auditoire, qui, on le conçoit, prêtait la plus vive attention : non sans doute; et ces premiers coups n'en étaient encore que les débuts, que les prémices : n'avait-elle pas résolu, arrêté avec la Sourdeuil la perte entière de Marianne? n'avait-elle pas en quelque sorte prêté serment de la faire plonger dans une prison où elle devait expier, non ses crimes, mais les torts involontaires de sa vertu et de sa beauté?... Rien ne sera donc changé au stratagème criminel prémédité; et pour ne pas retarder le moment de goûter les délices d'une vengeance complète, la Thomassine part déguisée en paysan, et dans une voiture close arrive à la forêt, où, sous le masque d'un message de bienfaits, elle parvient à mettre à exécution sa ruse infâme; c'est-à-dire qu'elle eut l'adresse de glisser adroitement dans un des tiroirs d'une commode de la chambre de Marianne le fatal ÉCRIN, cent fois plus funeste alors pour notre héroïne que jamais put l'être la boîte de Pandore!...

Il est vrai, sous un autre rapport, qu'en route la Sourdeuil eut plusieurs fois l'idée de s'approprier le riche écrin, de fuir à l'étranger; mais elle connaissait le caractère implacable de la jeune duchesse qui, pour se venger, eût été capable de la poursuivre jusqu'au bout du monde: elle préféra donc la servir fidèlement, dans l'espoir du gain d'une somme assez forte qui lui avait été promise.

A peine la Sourdeuil est-elle de retour, que mademoiselle de Mirefoix appelle ses femmes, mande son coiffeur, et prie sa mère de l'accompagner à une brillante assemblée: cette trop faible mère avait-elle quelque chose à refuser à sa fille unique?... En conséquence on prépare ses ajustemens; Thomassine cherche avec empressement ses pierreries; elle court, descend, remonte, revient, part, soupire, et enfin paraît tellement agitée, qu'affectant de pleurer à chaudes larmes, la Thomassine balbutie en tremblant qu'elle n'a pas pu retrouver l'écrin dans le secrétaire, à sa place accoutumée....

Sur cette déclaration, sur cette scène odieuse de comédie, mademoiselle de Mirefoix joue à son tour la surprise, le soupçon, l'inquiétude.... Ses idées errent d'abord sans but fixé; puis, prenant sa mère à part, elle ne lui dissimule pas, tout en désirant de se tromper, que ses doutes tombent sur Marianne....

On parle, on s'agite de nouveau; la duchesse repousse toutefois l'horreur d'une pareille calomnie contre sa charmante Adélaïde, contre sa bien-aimée, sa *fille adoptive*. Mais pourtant, dit insidieusement la Sourdeuil, mademoiselle Marianne s'absente assez souvent, fait des voyages mystérieux;.... le jeune duc est loin de les ignorer. En ce moment même, ajoute-t-elle avec la plus cruelle perfidie; elle est sans doute à cette *chaumière*, si grossière à l'extérieur, si élégante en dedans: qu'on me permette d'y faire des recherches dans cette chaumière, et je consens à me constituer prisonnière si l'on n'y retrouve pas l'écrin!...

La duchesse irritée dit: Eh bien! oui Sourdeuil, je vous y autorise, non en partageant vos soupçons injustes, mais pour mieux les confondre. Aussitôt la Thomassine court chez le lieutenant de police qui, sur son rapport, lui donne quatre exempts, qui partent en servant à la fois d'escorte à la voiture qu'elle a prise....

En effet, par la plus grande des fatalités, c'était le jour de pélerinage de Marianne. Elle était à sa chambre, et se disposait à en repartir, quand les exempts arrivent au grand galop, l'arrêtent provisoirement, puis, commençant leurs recherches, mettent enfin la main sur l'ÉCRIN fatal!...

La foudre serait tombée en éclats aux

pieds de Marianne, qu'elle lui aurait causé moins d'épouvante. Malgré ses soupirs, ses pleurs et toutes les protestations de son innocence, elle est de suite transférée dans une maison de force. D'abord plongée dans un sombre désespoir, sa faiblesse lui donne l'apparence du crime; mais après quelques heures de méditations, après surtout s'être recommandée à la bonté de Dieu, sans laquelle les plans les mieux combinés ne peuvent rien, l'infortunée orpheline se mit à faire à la Reine, son auguste protectrice, un rapport exact et pathétique de toute sa conduite, de tout ce qui s'étoit passé. Les rayons de la vérité brillaient dans ce rapport; la vérité n'a qu'un langage. Sa Majesté, surprise à l'excès, irritée surtout qu'on ait osé arrêter sa protégée sans la consulter, fait donner l'ordre sur-le-champ au lieutenant de police qu'on lui amène la prisonnière à Versailles...

La Reine, en revoyant sa chère Marianne, se convainquit complétement par ses larmes, par tout ce cortége de candeur, de naïveté qui accompagne l'innocence, qu'Adélaïde était ici la victime des plus atroces calomnies. Sa Majesté s'étant donc fait rendre compte des moindres particularités de cette aventure, démêla en peu d'instans que la jalousie, la rivalité seule de la jeune de Mirefoix étaient la source de tous ces chagrins. Mais pour mieux éclaircir l'affaire, elle mande le jeune duc de Saint-Méran. Celui-ci accourt, proteste avec respect à Sa Majesté que jamais il ne s'est rien passé entre lui et cette fille d'honneur dont la pudeur la plus scrupuleuse puisse se plaindre; que jamais sa voiture n'a paru dans la forêt de Marly, et que jamais enfin il n'y est venu lui-même.

Plus de doute dès ce moment pour la pénétration de la Reine, que sa chère Marianne a été en butte à un machiavélisme, à une intrigue vraiment infernale... Mais cet ÉCRIN?... Un jeune paysan, fait observer Adélaïde, est entré dans ma chambre à la chaumière, sous le prétexte d'y apporter des cadeaux à mon aïeule, qui, malgré son grand âge et sa vue faible, n'a pas laissé de remarquer dans toutes ses manières, du louche, un projet et une action furtive qui n'était pas naturelle. — Quelle est, demanda encore la Reine à Marianne, la personne en qui mademoiselle de Mirefoix paraît avoir le plus de confiance? — La Thomassine Sourdeuil. — Fort bien. Un courreur est de nouveau expédié sur-le-champ au lieutenant de police... Il arrive, en peu d'heures, avec la Sourdeuil, qu'il avait ordre d'amener... — Tout est découvert, dit la Reine à la Thomassine d'un ton terrible et imposant; avouez tout, et c'est à ce seul prix que je vous pardonne!... — Ah! que Sa Majesté prenne pitié de moi, répondit, en se précipitant à genoux, la complice de mademoiselle de Mirefoix! je n'osai rien refuser à ma jeune maîtresse, capable de me perdre moi-même si j'avais montré quelque hésitation. Oui, mademoiselle Adélaïde est la plus innocente des femmes, et moi seule je confesse que j'ai fait peser sur elle une fausse accusation.....

La Reine, satisfaite, ordonna pour toute punition à cette malheureuse de passer les frontières dans les vingt-quatre heures. Madame la duchesse reçut l'invitation de se retirer dans ses terres avec sa fille, et de ne pas paraître à la cour pendant trois ans; et enfin Marianne, rétablie dans sa réputation, dans tous les droits de son innocence, épousa, mais au grand chagrin du jeune duc de Saint-Méran, un aimable et vertueux négociant, qui mit sa renommée à l'abri de toute calomnie.

La chaumière de la forêt n'en fut pas moins religieusement visitée de temps en temps. Elle avait été, pour les premières années de notre héroïne, une sorte de *pensionnat* où l'on goûte le bonheur au sein d'une parfaite innocence; car, mes enfans, réfléchit ici la sage Institutrice, en terminant sa curieuse narration, vous regretterez plus d'une fois ce pensionnat, quand vous le comparerez à toutes les tribulations, à tous les ÉCUEILS DU MONDE.

NOS JEUNES PERSONNES, attentives au récit plein d'intérêt de madame de Senneville, n'avaient pas perdu la plus légère partie de ses discours; aussi combien elles furent indignées de la perfidie atroce des ennemies de la vertueuse Marianne!... Combien encore elles furent charmées du triomphe éclatant de son innocence!... — Oui, fit observer leur Institutrice, la fortune est dangereuse jusque dans ses plus grandes faveurs: il faut sans cesse se méfier de ses caprices; car la plupart du temps elle ne nous comble de ses dons que pour nous rendre ses revers plus douloureux encore. La vertu, la pratique seule de la vertu peut nous mettre à l'abri de ses coups, et se joue de sa cruelle légèreté. En effet, que peut craindre du sort une fille sage qui n'a rien à se reprocher? Le destin vient-il à l'accabler? elle a toujours Dieu et sa conscience pour elle; elle monterait même à l'échafaud avec une sorte de volupté!

« L'ÉCHAFAUD, a dit le grand BOSSUET, *est* « *pour l'innocent la première marche du* « *trône des cieux.* »

Dans cette réunion touchante, madame de Senneville ne laissa pas de remarquer combien était rêveuse et pensive Laure, aimable personne âgée d'à peu près seize ans... — Qu'avez-vous donc à réfléchir ainsi?... lui demanda LA CAUSEUSE. — Je songeais encore, répondit-elle, à cette intéressante Marianne, qui d'abord, dans son enfance, comblée des plus grandes faveurs par une puissante souveraine, se voit dans sa jeunesse sur le point d'être traitée comme une vile criminelle : hélas ! si avec tant de mérite on court de pareils dangers dans le monde, je ne pourrai m'empêcher d'éprouver quelque effroi, quand mon éducation achevée me contraindra d'y essayer mes premiers pas... — Loin de prétendre vous corriger de cette crainte salutaire, Laure, repartit l'Institutrice, au contraire, je ne tendrai jamais qu'à l'augmenter dans vos beaux sentimens : en redoutant jusqu'à l'ombre des ÉCUEILS où nous pouvons être entraînées malgré nous par un fatal hasard, cet excès de prudence, loin d'être un défaut, nous épargnera souvent bien des malheurs.

* * *

Notre CAUSEUSE, n'ignorant pas d'ailleurs que de la variété des narrations naît l'intérêt que l'on y porte, avait promis encore une NOUVELLE comme digne des plus grandes méditations : on l'attendait donc avec impatience. — Quand vous serez entrées dans le monde, mes enfans, préservez-vous bien de l'ÉCUEIL qu'elle signale, se mit-elle à dire : plus d'une mère, jalouse, indigne d'avoir une fille aimable, nous en offre dans Paris l'exemple affligeant! — On ne veut pas vieillir; on se croit toujours jolie, du moins d'après les assurances intéressées de la marchande de modes, et on éloigne sa fille, on la tient captive dans un couvent, parce qu'au logis elle devient, par sa fraîcheur et sa jeunesse, un point de comparaison pénible, un miroir trop franc, enfin un véritable *extrait de baptême* sur lequel les railleurs supputent aussitôt l'âge de la maman par celui de la demoiselle, comme si, d'un autre côté, nous ne disions pas tous le nôtre par ces marques que le temps grave et fait voir à travers la céruse, les pompons et le carmin! — Nouveau silence, nouvel intérêt: cette nouvelle, si impatiemment attendue, eut pour titre:

LA MÈRE COQUETTE CORRIGÉE.

D'AILLEURS, ainsi qu'on l'a vu par tout ce qui précède, les CAUSERIES DU PENSIONNAT atteignaient souvent des régions très-élevées; il n'y avait qu'une seule ambition à laquelle madame de Senneville n'eut pas accoutumé les jeunes pensionnaires: je veux parler des prétentions au bel esprit qui fanent les émotions du cœur et altèrent, par un artifice mensonger, les nobles dispositions de la nature : c'est à cette élévation, c'est à ce discernement que nos jeunes CAUSEUSES durent très-souvent des préceptes aussi sages qu'utiles, non de ces puériles leçons écrites pour le berceau de l'adolescence, mais de ces doctrines tracées pour l'avenir et vraiment propres à signaler LES ÉCUEILS DU MONDE.

Madame de Senneville savait bien qu'à des cœurs purs il n'était jamais trop tôt de parler raison, puisque la raison, dont le langage s'approprie à toutes les conditions de la vie, devait les éclairer sur les dangers qui pourraient menacer un jour son séduisant et sémillant aréopage. Oui, les niaises réserves d'une institutrice à cet égard, à force de convenances et de délicatesses mal entendues, n'aboutissent souvent qu'à masquer des périls qui, se découvrant tout à coup dans le monde vis-à-vis de jeunes filles sans expérience, les entraînent, les trouvant sans armes, sans qu'elles soient garanties par des instructions préliminaires. C'est à ce titre, c'est pour toutes ces raisons qu'ayant réuni près d'elle, un jour de promenade, celles qui, par leur âge, devaient briller bientôt dans la société par le double éclat de l'esprit et de la sagesse, elle leur raconta LA NOUVELLE qu'on va lire.

Mais indiquons comment cette nouvelle avait le mérite de l'à propos.

Une des amies de mademoiselle DÉLIA DE BALMOR venait de se marier; Délia avait assisté à l'hymen de cette amie, et le récit qu'elle fit à madame de Senneville du caractère de cette jeune dame, que je nommerai ici *madame de Solincourt*, lui fit approprier une NOUVELLE à la conduite de cette jeune épouse un jour qu'elle se disposait, en visitant le pensionnat, d'assister aux RÉCRÉATIONS instructives de madame de Senneville.

Madame de Solincourt vint en effet, au terme de sa promesse, rendre une visite affectueuse à son ancienne amie. Comme je l'ai dit, on s'y attendait; les jeunes élèves qui devaient assister à l'intéressante narration de la nouvelle avaient été choisies; et, lorsqu'après une collation où les pensionnaires avaient observé, sous les dehors de la simplicité la plus modeste, les usages du bon ton, de la bonne société dans ce qu'elle offre d'agréable et d'utile à la conservation de la délicatesse de notre civilisation, madame de Senneville conduisit ses pensionnaires au BOSQUET CHÉRI.

On prit place autour d'elle : c'était, parmi ce groupe enchanteur, à qui déroberait un baiser à la bonne mère de ce virginal et délicieux bercail. Madame de Senneville, pour s'arracher à leurs tendres embrassemens, crut devoir prendre la parole, et aussitôt le silence de s'établir avec une attention religieuse.

Avant de me vouer à votre instruction, mes jeunes amies, j'avais vu le monde; aimante de ma nature, affectueuse par goût, simple par penchant, discrète par raison, douce par l'habitude de suivre les leçons que j'avais reçues d'une bonne mère, je dus à tous ces petits avantages, ou à quelques uns d'entre eux, celui d'être la confidente de tout le monde, quoiqu'en paraissant ignorer tous les secrets : aussi, est-ce à ce titre que cent fois j'ai réconcilié maintes inimitiés, en laissant à chaque parti l'avantage de penser que l'un et l'autre avaient fait des concessions que l'un ou l'autre pourtant n'aurait jamais consenties sans la médiation de mon esprit conciliateur...

Il serait à souhaiter, fit observer madame de Solincourt, que tous les confidens en fissent de même : mais hélas!...

Elle allait continuer, lorsque madame de Senneville reprit : Tenez, madame et jeune amie, nous sommes ici un petit conciliabule de bonnes ames qui préférons aux complimens la conviction intérieure, ou mieux, le sentiment d'une bonne action. Ne dites pas qu'il serait à souhaiter que toutes les femmes m'eussent imité, mais dites-vous plutôt, forte de vous-même : *J'en aurais fait autant!*... Je continue.

Eh bien donc, grâce à ma manière d'agir, si l'on se querellait, moi je restais l'amie de tout le monde; je les aimais également tous ceux qui m'entouraient, car je suis bien convaincue qu'il est impossible d'être aimée quand on n'aime pas, et, soit dit en passant, c'est là un des travers de la coquetterie, qui croit avoir tout fait lorsque, sans attachement, elle a dispensé un sourire de bienveillance qu'elle laisse tomber, comme le font les grandes princesses quand elles répondent aux verbeux complimens des courtisans par un regard de protection.

Parmi les travers que je remarquai, ceux que je trouvai les plus condamnables, ce fut la coquetterie et la frivolité; ils me parurent devoir amener tous les désordres, frapper de mort, si je puis m'exprimer ainsi, les plus belles dispositions de l'ame.

Une des amies de nos réunions venait d'atteindre sa trente-quatrième année, riche d'attraits, de beauté même; son oreille était complaisante lorsqu'elle n'avait qu'à entendre les propos fastidieux de la galanterie, propos d'autant plus injurieux pour une femme bien née, qu'ils lui laissent toujours supposer, dans l'esprit de ceux qui les débitent, cette réflexion humiliante, qu'elle ne peut exciter aucune vérité agréable, inspirée par l'estime.

Cette dame était veuve depuis six mois; de son mariage était née une jeune personne appelée *Eléonore*, modèle accompli de la plus aimable ingénuité. Cette enfant avait été placée en pension dès son bas âge. Madame Vertal (c'était le nom de cette dame) n'avait point accoutumé sa fille à la douceur des caresses maternelles; le temps lui suffisait à peine pour recevoir celles de nombreux adorateurs qu'attiraient autour d'elle l'éclat de sa beauté et la célébrité fastueuse qu'attachaient à son nom les hautes fonctions et le rang de son mari.

C'est en même temps que, sous les yeux d'une seconde mère, sa maîtresse de pension..., peut-être préférable à l'autre, Eléonore avait atteint quinze ans; chaque jour plus belle, plus intéressante par sa constante ingénuité, ignorant ses attraits, cultivant ses vertus, elle semblait oublier les uns pour augmenter les autres : elle parait, dis-je, tous ses avantages de la seule vertu; et ce combat de perfection faisait d'elle un ange qu'une mère, oublieuse de ses devoirs, avait cependant la cruelle coquetterie d'éloigner d'elle.

La mort venant presqu'à la fois frapper et sa bonne maîtresse de pension et son père, Eléonore donna des larmes à tous les deux; ses prières ardentes venaient réchauffer en son cœur les sentimens de la piété filiale et de la reconnaissance : ses pleurs étaient partagés entre son père et son institutrice.

Le changement que ces deux fatales circonstances amenèrent dans les habitudes de la mère d'Eléonore furent cause qu'elle rappela auprès d'elle une enfant qui s'efforçait, par ses vertus et ses pieux regrets, de se concilier toute sa tendresse. Mais loin d'admirer un semblable caractère, madame Vertal, loin, dis-je, de se faire gloire d'avoir donné le jour à une jeune personne si accomplie, en conçut au contraire une jalousie craintive et ombrageuse.

En effet, il en devait être ainsi dans l'esprit d'une coquette : sa fille ne gagnait-elle pas chaque jour en grâce ce que chaque jour semblait aussi lui dérober? La jeunesse, la fraîcheur d'Eléonore ne pouvaient donc être que des obstacles puissans à son retour dans la maison paternelle; ce qui fit que madame de Vertal la cacha soigneusement à tous les yeux, sut adroitement taire à ses connaissances nouvelles (car elles se renouvellent souvent près des coquettes), elle sut, dis-je, adroitement dissimuler qu'elle eût une fille, ou si quelques vieux parens venaient de temps en temps le lui rappeler, elle répondait à leurs observations d'un ton si acerbe, si dur, qu'elle guérit plus d'un curieux de ses malencontreuses questions.

Du reste, depuis la mort de son mari, madame de Vertal étalait un amour de l'humanité qui contrastait étrangement avec les dispositions de son cœur. A la fois dame de charité et protectrice des jeunes orphelines, elle semblait être partout où l'infortune réclamait les secours de sa bienfaisance; mais tout était calculé dans cette tendresse affectée, purement extérieure.

Les journaux, il est vrai, la portaient aux nues; partout où elle devait se présenter, son arrivée était publiée à l'avance, afin de la faire jouir des pompes de la mention *obligée*. Un bienfait ignoré n'entra jamais dans le manége de son orgueil et les calculs de son ostentation.... Et, s'il m'est permis ici une épithète sanglante quoique juste, j'oserais appeler sa munificence *une humiliante, une coupable prodigalité!...*

La pauvre Eléonore, ainsi confiée aux soins d'une mégère, respectait, aimait pourtant celle qu'elle aurait eu tant droit de haïr! Et quand elle lisait avec avidité dans les journaux la relation des heureux que sa mère faisait, il ne lui venait pas même à l'esprit cette réflexion si naturelle : *Si bonne envers tout le monde, pourquoi ma mère est-elle si injuste envers moi?*... Loin de là ; elle croyait mériter cet oubli. Que de fois elle se surprit en disant : Ma bonne institutrice, puisque vous m'avez si bien appris à aimer ma mère, pourquoi, en même temps, ne m'avez-vous pas enseigné le secret d'en être aimée?...

Cependant, le temps fixé pour le deuil était expiré, et à ce terme les Jeux et les Ris avaient ramené chez madame de Verval leurs enchantemens. Les pauvres et les orphelines s'en ressentirent, et furent sacrifiés aux bruyantes folies de Momus... Mais repoussée du cœur de sa mère, Eléonore le sera-t-elle aussi de l'éclat brillant des bals, des cercles, des réunions?.. Belle question! plus encore. Son appartement n'en est que plus sévèrement gardé; les yeux de la marâtre n'en sont que plus vigilans; à peine entend-elle le bruit des instrumens au son desquels dansent et jouent de tumultueuses assemblées!.. Mais Eléonore ne s'en plaint pas; sa candeur, son amour filial dédaigné se soumettent; et si une pénible pensée vient affliger son ame, c'est que sa mère ne lui ait jamais permis de l'appeler autrement que MADAME, lui ait interdit ces tendres expressions si douces dans la bouche d'une fille, qui doit regarder sa mère comme sa meilleure amie!...

Mais j'ai oublié de vous dire, reprit madame de Senneville, après un moment d'interruption qui avait permis à l'aimable cercle de laisser échapper quelques soupirs, j'ai omis de vous apprendre, dit-elle, qu'Eléonore, à sa pension, liée plus intimement avec une jeune personne nommée Coralie, avait reçu, sans s'en douter, l'aveu d'un sentiment bien doux qu'éprouvait pour elle le frère de cette jeune amie. Ignorée dans la maison de sa mère du monde entier, il était réservé au jeune Amédée de découvrir quels verroux recélaient l'ange aux pieds duquel il avait mis, en espérance, les destinées de ses jours. Après bien des démarches il l'apprit, parvint à avoir entrée chez madame de Vertal; son cœur tressaillait d'avance du bonheur qu'il se promettait en revoyant l'objet de son idolâtrie. Mais qu'on juge de son étonnement! Admis à l'une des brillantes soirées de madame de Vertal, il cherche en vain Eléonore.... Hélas! elle était confinée dans le fond de son appartement! Amédée n'ose manifester son étonnement; il craint de détruire par la réalité la douce espérance où son ignorance le plonge; lorsqu'un événement assez bizarre lui prépare une entrevue qu'il était loin de supposer.

Après quelques contre-danses légères où tous les musqués du jour faisaient briller à l'envi leurs minauderies et leur affectation, distractions auxquelles Amédée n'avait pris aucune part, on proposa un concert. Pendant qu'on disposait les parties d'ensemble, on invita quelques dames et quelques jeunes gens à chanter des morceaux détachés. L'air pensif et rêveur d'Amédée fut cause qu'on le pria de chanter une romance. Quel trait de lumière! Il s'approche d'un piano placé directement près d'une porte qui communiquait à l'appartement de la jeune recluse, et d'une voix que la douleur animait des forces du désespoir, il chanta cette romance que vous connaissez, et dont le refrain est :

« Hélas! sensible Éléonore,
« Pourquoi ne t'aimerai-je pas? »

L'entraînement avec lequel il avait chanté sa romance en avait transporté la finale jusqu'à la prison de mademoiselle de Vertal; elle écoute, reconnaît une voix que, hélas! elle n'a point oubliée, pousse un cri, et s'évanouit! A l'aspect de sa jeune prisonnière mourante, la mégère Gertrude appelle au secours; ses cris pénètrent jusqu'à la salle du bal, pendant que secrètement, et jugeant de l'importance de son rôle, elle avertit sa maîtresse de ce qui vient de se passer. Eléonore, pâle, défaite, et dirigée par la lumière de l'appartement, arrive dans le salon. Sa mère, que sa présence déconcerte, d'un regard foudroyant lui impose silence, et tout ce que peut prononcer Eléonore en tombant sur un fauteuil est : *Je vous demande pardon, madame.* Mais cette arrivée a jeté l'alarme partout. Quelques dames, tant soit peu malignes, ont tout découvert. Leurs yeux se portent tour à tour sur madame de Vertal, sur Eléonore et sur Amédée. Ils ont sur leurs visages le mot de l'énigme. Eléonore revient à elle. Un certain chevalier Dorimont, homme du monde, et aussi fat que madame de Vertal était coquette, est bientôt mis au fait par deux mots que l'imprudent Amédée a laissé échapper; c'est lui qui impose silence aux chuchotemens de la société, peut-être même au silence lui-même. Pourquoi, dit-il, belle dame, nous cacher que vous êtes mère d'une aussi aimable enfant? D'ici, mes bonnes amies, vous voyez l'embarras de madame Vertal; quel sujet de plaisanterie elle offre à la société tout entière. Cependant elle ne peut plus reculer devant l'évidence; elle s'embarrasse, balbutie; et Amédée seul, heureusement pour lui, la tire de ce mauvais pas.

« J'étais, dit-il d'une voix ferme et as-
« surée aux mauvais plaisans, depuis long-
« temps l'objet du choix de mademoiselle
« Eléonore de Vertal. La mort de son
« père a empêché que les vœux de mon
« cœur ne fussent accomplis; l'âge de son
« aimable enfant était d'ailleurs un ob-
« stacle insurmontable à mes vœux: or,
« pour que j'ignorasse quels lieux recé-
« laient l'objet de mon amour, elle a gardé
« sur son existence le mystère le plus ab-
« solu. Aujourd'hui, j'espère, mesdames,
« que vous ne vous armerez pas de la
« prudence d'une bonne mère pour enve-
« nimer une conduite d'accord avec les

« devoirs maternels et le respect qu'elle « doit aux mânes de son époux. »

Madame de Vertal fut satisfaite de ce généreux procédé d'Amédée; c'est à ce même procédé que plus tard il dut la main d'Eléonore. Mais si les apparences furent sauvées par ce moyen ingénieux, il n'en est pas moins demeuré constant que la coquetterie pouvait faire d'une femme vertueuse une mauvaise épouse et une mère acariâtre.

Madame de Senneville avait à peine terminé cette petite nouvelle, qui devint après le sujet de mille commentaires, qu'on se mit à chuchoter avec malice. Madame de Solincourt dut en profiter : c'était pour elle qu'elle avait été racontée. Quel charme cependant, se dit-elle, malgré son dépit secret en rentrant chez elle, de trouver la vérité, une morale fine, délicate, sur des lèvres qu'habite toujours la vertu, et, pour ainsi dire, dans chaque fleur, sous chacune des ombres tutélaires DES BOSQUETS DU PENSIONNAT !

Lorsque la comtesse de Senneville avait terminé une NOUVELLE, un CONTE MORAL, elle ne le faisait jamais sans discourir et ajouter des INSTRUCTIONS sur toutes les qualités qui contribuent au mérite d'une demoiselle bien née. Quelquefois aussi ces mêmes instructions, elle les avait données la veille en forme de *thèmes* à étudier. Interpellant donc Eléonore, qui était de la classe *nacarat*, elle lui demanda quelques notions, quelque aperçu moral SUR LA CONDUITE ET LE MAINTIEN DES JEUNES PERSONNES.

Une des principales beautés du caractère d'une femme, dit un habile moraliste, l'abbé GRÉGORY, répondit en se levant Eléonore, c'est cette réserve modeste, cette délicatesse qui lui font éviter les regards du public, qui la déconcertent lorsqu'elle peut s'attendre à en être admirée. — Je ne voudrais pas, dit-il, en s'adressant aux jeunes personnes, que vous fussiez insensibles aux applaudissemens. Si vous l'étiez, vous seriez indubitablement moins bonnes, et peut-être moins aimables.

La pudeur donne un charme de plus à la beauté, et une physionomie à la vertu. La femme sans pudeur ressemble à un soleil sans nuage; l'une et l'autre blessent les yeux délicats.

Quand une fille cesse de rougir, ajoute-t-il, elle a perdu le plus séduisant de tous ses charmes. Cette extrême sensibilité qui fait rougir peut être une faiblesse et un défaut dans un homme, comme je l'ai trop souvent éprouvé moi-même; mais, dans votre sexe, elle est un attrait des plus engageans. Un pédant qui se persuade être philosophe, demande pour quelle raison une femme rougirait lorsqu'elle n'a pas de reproche à se faire : il lui suffit de lui répondre que la nature a voulu nous faire rougir, lorsque nous ne sommes coupables d'aucune faute; car la rougeur qui monte au visage est si peu par elle-même un indice infaillible du crime, qu'elle est au contraire la compagne ordinaire de l'innocence.

Cette modestie si essentielle aux jeunes

personnes, les disposera naturellement à garder par préférence le silence dans une compagnie, et surtout si elle est nombreuse. — Les gens de bon sens ne prendront jamais ce silence pour une stupidité méprisable. On peut prendre part à la conversation sans prononcer un mot; la contenance est assez expressive pour montrer la part que l'on y prend, et elle n'échappe jamais aux yeux d'un observateur attentif.

Une demoiselle, douée d'un esprit judicieux, doit faire paraître une dignité aisée, mais ce ne doit être ni une aisance qui marque la confiance qu'elle a en elle-même, ni une contenance effrontée qui semble défier la compagnie. — Si lorsqu'un homme a lié une conversation avec une jeune personne, un autre d'un rang supérieur lui adresse la parole, elle ne doit point paraître témoigner trop d'empressement pour écouter ce dernier; que l'orgueil même l'empêche, dans cette occasion, de faire cette bassesse.

« En conversant avec les hommes, même avec ceux du premier rang, une femme ne doit jamais se relâcher de cette modeste dignité qui doit la préserver de tout aperçu de familiarité.

« L'esprit est le plus dangereux des talens qu'une femme puisse avoir; elle ne doit donc en faire usage qu'avec beaucoup de discrétion et de douceur, autrement il lui suscitera bien des ennemis. L'esprit peut très-bien s'accorder avec la douceur du caractère et la délicatesse du sentiment, mais rarement ces deux qualités se rencontrent-elles avec lui.

« Une jeune personne ne doit déployer son bon sens qu'avec précaution ; car on est toujours porté à croire qu'elle veut s'arroger une supériorité marquée sur le reste de la compagnie; et s'il lui arrive d'avoir des connaissances sur quelque science, elle doit se borner à les cultiver en secret, et surtout à l'insu des hommes, qui ordinairement regardent d'un œil jaloux et malin une femme savante, dont l'esprit est orné et cultivé. Un homme de candeur et de génie est bien au-dessus de cette faiblesse, mais rarement on en trouve de cette trempe; et si par hasard on en rencontre un, une demoiselle ne doit pas s'empresser de lui faire remarquer toute l'étendue de ses connaissances; cet homme de génie les découvrira bientôt lui-même, s'il a quelque occasion de lui parler.

« Le grand art de plaire dans la conversation consiste à faire en sorte que la compagnie se plaise à elle-même, et l'on gagnera plutôt son estime, en donnant toute son attention à ce qu'elle dit, qu'en l'entretenant soi-même.

« Gardons-nous bien de médire, mais surtout des personnes de notre sexe. On accuse en général les femmes d'être sujettes à ce défaut honteux.—Je pense que c'est injustement; car les hommes y sont au moins aussi sujets lorsque leurs intérêts se croisent. Comme les intérêts particuliers, les rivalités de la toilette et de la figure, dans notre sexe, se choquent plus souvent, et comme notre ressentiment est très-prompt à s'enflammer, les occasions de médire sont plus fréquentes pour nous. Pour cette raison, nous devons être extrêmement sensibles à la réputation de notre sexe, surtout si nous avons quelque rivale. Nous regardons cette sensibilité de notre part comme la plus forte preuve de la noblesse et de la grandeur d'ame.

Montrons aussi une tendre compassion pour les femmes malheureuses, et surtout pour celles qui ne le sont que par la perfidie des hommes. Goûtons un plaisir secret, je dirai même, tirons une noble vanité d'être les amies et le refuge des malheureux, mais surtout n'ayons pas l'orgueil de le faire paraître.

Considérons tout propos libre dans la conversation comme honteux en lui-même, et capable de nous dégoûter extraordinairement : tout double sens est de ce nombre. —Les manières trop libres dans lesquelles on élève les hommes les autorisent à se divertir de certaines saillies d'esprit; néanmoins ils conservent assez de délicatesse pour en être scandalisés s'ils les entendent de la bouche d'une femme, ou même si une femme les entend prononcer sans peine, et sans marquer le mépris qu'elle doit faire. — La pureté d'une fille est d'une nature si délicate, qu'elle ne peut entendre certaines choses sans en être atterrée. Il dépend toujours de nous de ne pas nous trouver dans ce cas. — Il n'est point d'homme, si ce n'est un stupide ou un fou, qui se permette de scandaliser, par la conversation, une femme, s'il voit que ses propos la mortifient réellement : non, il n'osera pas le faire, si elle ressent l'injure comme elle le doit. Il y a une certaine noblesse dans la vertu solide, qui est capable de tenir dans le respect le plus libertin et le plus abandonné des hommes.

On nous reprochera peut-être la pruderie. Par *pruderie*, on entend ordinairement une délicatesse affectée; il ne faut pas affecter de la délicatesse, mais en avoir réellement. Quoi qu'il en soit, il vaut mieux courir les risques de passer pour ridicule, que d'être taxée, avec raison, d'impudeur et de licence.

Que la vérité soit toujours sacrée pour nous : le mensonge est un vice honteux et méprisable. Telle jeune personne est sujette à mentir, au point qu'on ne peut pas ajouter foi à ce qu'elle racontera, principalement s'il y a du merveilleux dans sa narration, ou si elle se dit l'héroïne de son conte. Cette faiblesse n'indique pas un mauvais cœur, elle est seulement le fruit de la vanité et d'une imagination volage.

« Dans cette opinion, le moraliste, l'abbé Grégory, ne prétend pas toutefois censurer quelques broderies propres à enjoliver une historiette, qui n'est faite seulement que pour exciter une joie innocente.

« Enfin, il y a dans les manières de notre sexe une certaine gentillesse d'esprit extrêmement engageante. Ce ne sont pas ces attentions prodiguées sans discernement, ce n'est pas ce sourire fade qu'une jeune personne affectera également pour tous, c'est un désir franc de plaire, mais sans les ruses de la coquetterie, et de faire naître une secrète prédilection, sans que jamais ce soit aux dépens de l'estime et du respect que tout homme bien né doit à notre sexe. »

Éléonore, après avoir en quelque sorte déclamé ces sages MAXIMES avec autant de goût, de sentiment que de chaleur, allait se remettre à sa place, lorsque madame de Senneville, lui tendant les bras, l'embrassa avec toutes les marques de la plus flatteuse affection, pour la récompenser de l'intelligence qu'elle avait montrée à répéter ces INSTRUCTIONS si importantes pour les JEUNES PERSONNES prêtes à entrer dans le monde.

Le silence étant rentré dans le cercle champêtre des CAUSEUSES, l'Institutrice fit sentir de nouveau à son auditoire combien l'amour d'un faste indiscret avait ruiné de familles. La plupart de vous, mes enfans, seront épouses, mères dans peu d'années : au nom de toute votre félicité, au nom de votre honneur, tenez-vous dans la sphère de votre fortune ; ne dépassez jamais vos moyens : d'abord vous ne trouveriez pas le bonheur, mais uniquement les regrets, la honte, le repentir, qui suivent toujours un luxe coupable. Écoutez-moi : je vais vous en fournir la preuve dans la NOUVELLE suivante, dont les faits se sont passés sous mes yeux. Mes SOUVENIRS, à cet égard, sont si fidèles, que mes esprits sont déjà frappés des horreurs de la scène que je vais vous décrire. Donnons à cette tragique aventure le titre du :

BAL SCANDALEUX,

OU

LE BANQUEROUTIER PUNI.

Saint-Alberty, négociant à grande renommée, avait déposé son bilan, c'est-à-dire payait ses créanciers avec la déclaration, vraie ou fausse, des pertes qu'il avait faites dans son commerce; et sa faillite leur faisait souffrir l'énorme, le cruel sacrifice de près d'un million. Au premier bruit de cette affreuse nouvelle, tout Paris avait fulminé; mais il semble que plus l'orage est violent dans ces sortes de choses, plus la catastrophe est promptement oubliée. A ce qu'il parut alors, Saint-Alberty en perdit le plus facilement la mémoire; car au bout de quinze jours à peine après la déclaration de sa banqueroute, il donna dans son hôtel une fête aussi brillante que scandaleuse. J'y fus invitée, et si je m'y rendis, c'est que j'ignorais la faillite de l'effronté négociant. Vous pouvez bien vous figurer que les salons étaient resplendissans de luxe, de bougies, du décor le plus élégant; un grand nombre de femmes parées circulaient des salles de jeu aux salles de danse. De somptueux buffets, un orchestre mélodieux ajoutait à la magie des lustres et des glaces tous les charmes de la musique. Si le vice, si la mauvaise foi parviennent quelquefois à faire taire leurs secrets tourmens, c'est dans le faste où l'un et l'autre couvrent la voix de l'honneur du tumulte des plaisirs : mais qu'importe, il n'en est que plus irrité quand arrive le jour des punitions et de l'infortune ; le coupable n'en est que plus faible, plus abattu.

Ai-je besoin de vous dire, d'un autre côté, que madame de Saint-Alberty était radieuse de toilette?... avec quelle grâce vraiment *maternelle* elle veillait sur les quadrilles, sur la table du festin? Tous les convives en étaient enchantés, si ce n'est cependant quelques esprits malins qui chuchotaient tous bas, qu'*avec le produit de ses diamans et celui des dépenses du bal, on aurait pu rendre le bilan moins scandaleux, et moins maltraiter l'existence d'une centaine d'artisans.*

Quant à M. de Saint-Alberty, paré comme un grand seigneur, la joie, ou plutôt l'orgueil qui brille sur son front, éclate en mille manières impudentes ; l'éclat de ce spectacle lui a fait entièrement oublier l'honneur et ses dettes ; il ne voit,... l'insensé !... que la prétendue considération qui rejaillissait sur lui, pour avoir donné une fête aussi ingénieusement splendide. Le pauvre homme !... Bien loin d'être en droit d'exciter l'envie, il ne pouvait que faire naître un sentiment de pitié dans l'esprit de ceux qui connaissaient le vrai côté de sa position !...

Le temps s'envolait donc sur les ailes de la Folie. Madame de Saint-Alberty, dont autrefois la mauvaise éducation de demoiselle avait été toute en agrémens, en arts futiles, dont les parens avaient pensé que quand une jeune personne danse bien et pince de la harpe, elle peut alors prétendre au premier rang des demoiselles *distinguées*; madame Saint-Alberty, dis-je, était pareillement au comble de la joie ; d'ailleurs, jamais sa couturière ne l'avait si bien habillée ; sa parure en turquoises produisait un effet délicieux : qui pouvait donc troubler son ivresse?... Bref, la musique cesse ; les domestiques servent un souper magnifique, et les hommes se disposaient déjà à donner la main aux dames, afin de les conduire au brillant banquet, quand une rumeur soudaine se fait entendre... — Quel en est le motif?... — D'abord le panier à argenterie a disparu : plus de cent couverts, grandes cuillers, petites, plats d'argent, huiliers, salières, service de dessert en vermeil, etc., etc., ont été enlevés comme par le coup de baguette d'une fée puissante. Mais par quoi vous imagineriez-vous, mes enfans, que furent remplacés tous ces riches objets?... Non, vous ne le devineriez jamais !... D'abord de vastes draperies de crêpe noir enveloppent le fastueux buffet ; à la place des guirlandes de fleurs, des rosaces, des festons qui l'ornaient de toutes parts et couraient en spirale autour de colonnes de gaze d'argent, éclairées par des candélabres et des girandoles, sont les attributs sévères et accusateurs de Thémis, la déesse de la Justice, c'est-à-dire son sceptre, son œil qui voit tout, ses balances et son glaive ; et enfin une légende épouvantable, une légende terrible éclate en lettres de feu, en lettres de sang sur ce crêpe funeste, et fait lire à toute l'assemblée cette sentence effrayante, ignominieuse : INFAMIE, OPPROBRE AU BANQUEROUTIER FRAUDULEUX!!..

Près de cette même légende est un paquet de billets à ordre, de lettres de change protestés, avec une lettre foudroyante dans laquelle un des créanciers, non consentant à l'arrangement général, justifie son audacieuse action, en prouvant à la fois que, par cet acte d'énergie qu'a provoqué un fripon, Saint-Alberty, il perdra encore plus de soixante pour cent. Les domestiques sont dans la consternation; la pâleur, une sourde et muette inquiétude sont peintes sur tous les visages; cette sorte d'autel funèbre, où Thémis semble dicter ses arrêts formidables, cette légende ardente qui affiche la honte du coupable ordonnateur de la FÊTE SCANDALEUSE, tout porte la surprise et l'effroi dans tous les cœurs.... Quant à Saint-Alberty, il est dans un état impossible à décrire : cloué, pour ainsi dire, sur une banquette, il ne bougeait plus ; son regard était fixe, hagard ; ses lèvres tremblaient, balbutiaient des monosyllabes entrecoupés ; tous ses esprits paraissaient déjà en proie à une sourde démence.... « *Voilà, voilà mon* « *échafaud!...* » — l'entendait-on dire d'une voix basse, mais énergique.

Ce n'est pas tout encore, madame Saint-Alberty, pouvant à peine se soutenir, tremblante, éperdue, est aux prises avec un juif qui lui a prêté de grosses sommes pour sa toilette, et veut, à toute force, lui arracher le diadême en pierreries qui couronne sa tête ; une revendeuse à la toilette s'est élancée sur elle, et lui a arraché une montre guillochée, enrichie de perles, qu'elle portait à sa ceinture : elle lui a lancé au visage, pour paiement, quelques billets à ordre et des exploits d'huissiers. Les cris, l'évanouissement de madame Saint-Alberty ne peuvent désarmer ces créanciers brutals et farouches; et tout en la quittant, ils lui ont lancé des regards où se peignaient encore le mépris, la menace et l'indignation.

Quel tableau sombre et déchirant! s'écria, à ce passage, madame de Senneville : est-il possible de le concevoir?.... Oui, un champ de bataille est moins affreux; du moins l'honneur, la gloire en sont l'ame, et l'œil du soldat, en mourant, est couvert d'un voile de lauriers... Mais sur le théâtre du plaisir et des folies rencontrer à leur place un affront aussi cruel!...

Bientôt à la terreur, à la pitié générale succèdent la malice, l'esprit d'envie de quelques groupes de femmes, jalouses en secret de la parure pour le moins indiscrète de madame Saint-Alberty... On rit de l'étrange figure qu'elle montre dans ce désastre, on badine sur sa honteuse humilité, elle qui naguère avait tant d'orgueil et d'impudence!... Tous les domestiques même, et sa femme de chambre surtout, qu'elle traitait en esclaves, ne sont pas fâchés au fond de l'ame de la bonne leçon que le destin donne à sa cruelle vanité. Cependant toutes les épreuves ne paraissent pas encore finies; car un quadrille d'huissiers, tel qu'un essaim de corbeaux, venant à paraître dans le bal, comme des oiseaux de sinistre présage, chaque cavalier, au lieu de donner la main aux dames, courut au vestiaire y prendre son chapeau et son garrick. Il semblait que la maison était prise d'assaut; les femmes volent également à leurs cachemires, à leurs witchoura, avec l'inquiétude peinte sur le visage, craignant, avec quelque raison, que dans ce naufrage leurs habits ne vinssent à être engloutis sous d'aveugles scellés.

Alors madame Saint-Alberty s'était réfugiée dans ses petits appartemens, les joues pourpres des soufflets d'une bijoutière qu'elle avait trompée comme tant d'autres; elle fondait en larmes, et sentait d'autant plus ces premiers coups de l'adversité, qu'elle savait bien au fond de son ame qu'elle ne les avait que trop mérités. —Un charbonnier, un boulanger, un boucher, également lésés dans la faillite, voisins du banqueroutier, et réveillés par les violons, se sont introduits dans la salle à manger; et dans leur langage brutal, ils vocifèrent contre l'impudent qui donne un bal, au lieu de faire amende honorable. Les personnes naturellement sensibles gémissent sur le sort de Saint-Alberty, de son épouse; mais des esprits plus légers s'amusent infiniment des détails piquans de cette grande scène de mœurs. Cependant la foule commence à s'écouler; les voitures arrivent à la file; on y monte, tout en regrettant le souper qui paraissait fort beau. Les uns rient tout haut, et ne ménagent pas leurs sarcasmes; pour les femmes, elles trouvent de nouveau mille torts à madame Saint-Alberty, dont la toilette impertinente écrasait la leur, et chacune disait la sienne au moment fatal enfin où l'on entendit une explosion terrible....

On court, on s'agite, on revient sur ses pas; les uns redescendent de leurs voitures, les autres, au contraire, pressent le cocher; un intérêt puissant fait disparaître les petites considérations; on voit même des larmes dans les yeux de quelques femmes; l'ironie a fait place au sentiment, à l'effroi; la pitié commence à faire entendre sa voix, si faible à Paris, dans ce gouffre où le luxe et l'amour des plaisirs l'emportent si souvent sur les plus beaux sentimens de l'humanité !... Quelques jeunes gens d'un caractère généreux ont pénétré avec moi jusqu'au cabinet de M. Saint-Alberty..... Hélas ! quel spectacle affreux, mesdemoiselles !... Ah ! que le faible tableau que je vais vous en tracer soit à jamais gravé dans votre mémoire, comme il l'est dans la mienne ! Que cette MORALE EN SOUVENIRS ait autant de force sur vos esprits que si l'événement vous était arrivé à vous-mêmes ! Bref nous trou-

Page 225.

« moi-même je lui fais respirer des esprits ..... »

vâmes Saint-Alberty baigné dans les flots de son sang; une lettre récemment écrite et toute sanglante est à ses pieds, et pour comble d'horreur, sa cervelle en éclats sur les lambris, ainsi que les fragmens de sa tête, de sa chevelure souillent le parquet et les meubles.....

Son épouse, accourue au bruit, était tombée à la renverse à la vue de cet affreux spectacle. Que pouvait dire la lettre?... — Ne le devine-t-on pas? — L'expression d'un repentir tardif, l'impossibilité de survivre à l'opprobre que le suicide avait essuyé, aux accusations terribles de ce crêpe noir et sanglant étendu sur le buffet... Saint-Alberty léguait donc cet exemple épouvantable aux BANQUEROUTIERS FRAUDULEUX !...

Cependant un sentiment général de pitié se témoigne en faveur de madame Saint-Alberty, qu'on a transportée dans un autre appartement; moi-même je lui fais respirer des esprits, je lui prodigue mes consolations, mes caresses, et cherche par trop appris à ses cruels dépens ce que c'était que le *bon ton*, quand il s'alimentait et se soutenait par des moyens criminels. De son côté, madame Saint-Alberty, qui n'avait jamais pensé qu'à sa parure et à ses fastueuses soirées, profitait également à l'école de sa fille : *Le malheur*, a dit Young, *est comme une meule qui aiguise toutes nos facultés morales et physiques.* Sa toilette était devenue simple ainsi que ses discours; sa légèreté première avait fait place à un jugement solide, et cette mélancolie qui respirait dans toute sa personne ne faisait que donner un charme de plus à ses avantages naturels.

Vous concevez, mes bonnes amies, qu'avec ses affreux souvenirs, madame Saint-Alberty ne put goûter un bonheur qui exige entièrement une conscience libre et un coeur exempt de reproches; mais il n'est jamais trop tard pour revenir à la vertu : elle lui consacra donc le reste de ses jours, effaça une grande tache par de grands regrets, de grandes expiations, et offrit enfin, pour réparer ses fautes, cet exemple, malheureusement trop rare, d'une femme encore jeune qui renonce à toutes les frivolités du monde, et leur préfère ces qualités de l'ame qui se concilient l'estime des honnêtes gens.

Pour Émilie, par ma médiation encore, elle épousa, par la suite, non un élégant petit-maître, mais un homme plein de mœurs, de droiture et de probité, et goûta ces jouissances tranquilles, muettes, mais durables, qu'on ne trouve jamais dans le bruit des salons et la fatigue des parures.

Nos jeunes personnes, après avoir exprimé diversement les émotions que ce récit leur avait causées, en se promettant bien de n'avoir jamais rien de commun, quand elles seraient dans le monde, avec les vices affreux de la famille Saint-Alberty, se dispersèrent dans les bosquets, en en ayant obtenu la permission de l'Institutrice. J'ai déjà dit à cet égard que chacune avait un petit jardin particulier, gardé par un treillage, et qu'elles embellissaient à l'envi des arbustes dont leurs parens leur faisaient cadeau : là, soigneuses d'un rosier, d'un lis, d'un oranger donné par une mère chérie, par un père adoré, le râteau ou l'arrosoir à la main, elles se livraient également, AUX HEURES DE RÉCRÉATIONS, aux plaisirs du jardinage ; celle-ci étudiait un peu de BOTANIQUE, son LINNÉE, son JUSSIEU à la main ; celle-là était folle d'ENTHOMOLOGIE, cette autre de MINÉRALOGIE, d'ASTRONOMIE et de PHYSIQUE ; et ces divers goûts concouraient tous à leur faire chérir et admirer de plus en plus la puissance de l'ÊTRE SUPRÊME dans le plus petit de ses ouvrages.

Olympie, première surveillante des classes, au milieu de ces essaims de tendres vestales, veillait sur toutes les actions, sur tous les âges, et son silence même était une belle leçon. Cependant, toujours fidèle à ses fréquens pélerinages aux tombes de son père et de son frère, quand ses devoirs lui laissaient quelque loisir, elle allait au bois sacré, religieux, épancher son ame, et sa douce tristesse faisait son unique joie.

Aussitôt que les ombres de la nuit, descendues sur toute la nature, avertissaient les sous-maîtresses qu'il fallait se rendre au dortoir, et qu'une cloche en donnait le signal, Olympie et sa mère rassemblaient leurs aimables pupilles ; on faisait la prière, madame la comtesse de Senneville donnait sa bénédiction à tous ses enfans, et Morphée prodiguait ses plus doux pavots à cette colonie de talens, de vertus qui, dans l'innocence du cloître apprenaient les leçons qui garantissent des ÉCUEILS DU MONDE les jeunes femmes destinées à s'y exposer.

TROISIÈME CONVERSATION.

Trois jours de fêtes; désignation des classes par les couleurs *nacarat*, *violette*, *blanche*, *bleu-lapis*, etc. — CONTES et NOUVELLES improvisées sur des MAXIMES. — Traits héroïques de charité de SAINT VINCENT DE PAULE; couronnes de fleurs, prix; CONTE INDIEN, et Préceptes d'éducation.

« . . . .
Il faut, en conversant, qu'un heureux artifice
De l'échelle vocale étudiant les tons,
Adoucisse à propos ou renforce les sons.
L'organe humain ne veut ni roideur, ni mollesse :
Trop faible il nous échappe, et trop fort il nous blesse;
Le doux parler nous plait; et toujours redouté,
L'homme le plus bruyant est le moins écouté... »

DELILLE.

C'ÉTAIT un jour de congé, par conséquent de liberté entière, et par un bonheur qu'on sent dans toute son étendue au Pensionnat, trois jours complets de fêtes suivaient immédiatement ce charmant congé!... Qu'on juge donc, s'il est possible, de toute l'ivresse de nos intéressantes héroïnes ! . . . A peine l'Aurore avait ouvert de ses doigts de rose les portes de l'Orient, que, tel que lorsqu'on ouvre un colombier, tout le peuple ailé s'enfuit à tire-d'aile, de même le jardin fut rempli en un instant de toutes nos jeunes personnes. Laissons les plus jeunes, les plus enfans, folâtrer, s'amuser à des puérilités, et retournons avec empressement à la classe embaumée des AIMABLES CAUSERIES, où madame de Senneville a déjà rassemblé une grande partie des demoiselles des classes *Nacarat*, *Violette*, *Blanche* et *Bleu-lapis*, dont l'âge était susceptible d'entendre des NOUVELLES et des MORALITÉS, où leur avenir était dépeint sous des couleurs vives autant qu'énergiques.

« Mesdemoiselles, se mit à dire notre vertueuse Directrice, avant de vous procurer quelque agrément et de charmer votre imagination par quelques contes moraux, je serai fidèle à mon plan d'éducation, c'est-à-dire que je vais vous distribuer à chacune des PRÉCEPTES, des DISSERTATIONS d'excellens auteurs, et que vous me lirez l'une après l'autre à haute voix; c'est à cette condition que je satisferai ensuite votre curiosité.

Madame de Senneville ayant donc distribué ce qu'elle appelait ses *thèmes* comme points de méditation, nos jeunes personnes lurent chacune le leur; mais cette fois, l'Institutrice imposant une nouvelle condition, ordonna à chacune d'improviser une NOUVELLE sur le thème que le hasard avait mis entre leurs mains. Mais pourtant toujours judicieuse dans ses moindres ordres, elle ne cacha pas qu'elle avait des récompenses toutes prêtes pour celles qui montreraient le plus d'habileté. En effet, une domestique plaça près d'elle une corbeille qui, quoique fermée par un taffetas rose plissé, dont un nœud de ruban faisait la serrure, laissait voir à travers les plis des guirlandes de fleurs, et de jolis volumes reliés et dorés sur tranche. Commençons donc par la lecture des MAXIMES; nous verrons ensuite avec quel talent nos improvisatrices rempliront la tâche qui leur était donnée.

Aspasie, de la classe *Blanche* (1), dut ouvrir cette séance, où la vanité de s'exprimer avec une facilité brillante ne laissait pas d'exciter une émulation générale; s'étant donc levée avec une assurance modeste, elle commença en ces termes :

« Quoi de plus propre à nous réconcilier avec les maux de la vie, a dit *Diderot*, que le tableau des tourmens et de la constance par lesquels les martyrs ont obtenu la couronne que tout chrétien doit ambitionner ! Cette foule d'hommes flagellés, déchirés, est bien faite pour marcher à la suite d'un Dieu couronné d'épines, le côté percé d'une lance, les pieds, les mains cloués sur le bois. L'homme est-il dans l'infortune? je lui dirai : Considère

(1) Les jeunes personnes d'un grand nombre de pensionnats sont distinguées entre elles par leur âge, et la classe où elles s'instruisent, par un habit garni de rubans uniformes, dont la couleur donne son nom à leur classe.

ces victimes de notre foi qui sont devenues l'objet de notre culte. Je ferai plus, j'ajouterai en lui montrant son Dieu sur la croix : *Viens, regarde, et plains-toi si tu l'oses.* »

Ainsi, cette terrible image de la Divinité souffrant les plus grandes douleurs humaines pour notre salut éternel, doit non-seulement nous exciter à endurer patiemment les plus pénibles événemens de la vie, mais encore nous porter à nous secourir mutuellement, et à pratiquer cette sublime vertu théologale qu'on appelle LA CHARITÉ.....

Ici Aspasie fit une pause, se recueillit pour improviser un trait analogue à cette MAXIME religieuse donnée pour texte par madame de Senneville, puis elle continua :

Au nom de LA CHARITÉ, nos plus touchans souvenirs doivent se porter avec respect, avec admiration vers cet apôtre immortel de la bienfaisance qui poussa LA CHARITÉ jusqu'à l'héroïsme !

Vous avez déjà senti, mes chères compagnes, que je veux parler de ce grand SAINT VINCENT DE PAULE, dont les vertus sont dignes d'être chantées sur une lyre d'or !...

Jetons un coup d'œil rapide sur ses sublimes travaux, sur les bienfaits immenses qu'il rendit à l'humanité : c'est d'abord à lui qu'on doit l'institution des Filles de la Charité, autrement dites Sœurs Grises, l'établissement pour les Enfans-Trouvés... En effet, son cœur, toujours ouvert à l'infortune, recueillait l'enfant abandonné par sa mère dans l'indigence! Combien de fois on vit ce vertueux ministre recueillir dans son sein généreux un enfant nouveau-né, lui prodiguer ses soins, sa tendresse, et ne le perdre de vue qu'après lui avoir assuré un sort ! Je pourrais citer vingt autres traits de sa bonté sans bornes, mais ce qui est au-delà de mes faibles expressions, ce qui porte toute l'empreinte de la grandeur d'ame, c'est lorsqu'après avoir été nommé aumônier général des galères par Louis XIII, à la sollicitation d'Emmanuel de Gondi, général des galères, il donna de si grandes preuves de son amour pour ses semblables. A peine eut-il sa nomination, qu'il part pour Marseille : il n'ignorait pas qu'un grand nombre de galériens, loin de se repentir de leurs crimes, et d'endurer avec une pieuse résignation les châtimens de Dieu et des hommes, maudissaient au contraire et le Ciel et leurs fers, faisaient frémir leurs geôliers par leurs blasphèmes et leurs imprécations, et faisaient retentir leur bagne des horreurs de leur impiété... Arrivé auprès des prisonniers, le saint homme emploie tout ce que l'éloquence de la religion peut lui inspirer de plus touchant, de plus persuasif, pour les ramener à des sentimens moins coupables; mais un jour se promenant sur le port, son attention se fixa plus particulièrement sur un forçat qui, dans un morne silence, en proie à un sombre désespoir, tenait, sans en manger, un morceau de pain sur lequel ses larmes tombaient en abondance... Touché, ému jusqu'au fond de l'ame par ce spectacle attendrissant, l'illustre aumônier s'approche avec un air de compassion et de douceur de cet infortuné, lui adresse des paroles de consolation et de paix, lui parle de la miséricorde de Dieu qui est infinie, et enfin lui fait entrevoir que quand son ban sera expiré, s'il rentre dans le chemin de la probité, il pourra encore goûter quelque bonheur dans ce monde, et effacer ses cruels souvenirs par un sincère repentir et de nouvelles vertus... — Ah ! généreux ministre, lui répondit le galérien, fondant en pleurs, c'est moins sur moi que je m'afflige; je n'ai point de remords, car j'ai été dans tout ceci bien plus malheureux que criminel, mais c'est sur ma pauvre femme, mes enfans, que je laisse sans pain, dans la plus affreuse misère ! ma présence soulagerait leurs maux; ils vont tous périr de faim et de douleur !... — A ces mots, l'immortel aumônier, lui-même, les yeux remplis des pleurs de la pitié, lui dit avec un accent mêlé de compassion et d'énergie : Allez, calmez vos mortels chagrins; je vois un moyen... Dès ce moment vous êtes libre, je prends vos vêtemens, vos fers ! et aussitôt il le quitte, vole vers l'inspecteur des galères, et obtient de lui, comme la plus grande faveur, qu'il consente à l'échange. En effet, saint Vincent de Paule, pendant que le galérien libre courut vers ses foyers, demeura plusieurs semaines dans le bagne sous le costume et les chaînes de l'infamie, sans que les geôliers se doutassent qu'ils tenaient captif, au lieu d'un vil criminel, le plus grand héros de la charité; et il serait probablement demeuré long-temps encore dans ces cachots infects, si la comtesse de Joigny, qui avait eu sous les yeux tant de preuves de son dévouement héroïque, n'eût conçu de vives inquiétudes sur sa longue absence, et fait prendre des informations sur son compte. On le trouva enfin sous la livrée de l'opprobre, mais l'empreinte des vertus célestes qui brillaient sur son front, ne l'en faisait paraître que plus grand.

« La vertu dans les fers est l'image de Dieu! »

On dit que cet illustre bienfaiteur de l'humanité souffrante eut pendant le reste de sa vie, après cette action, les pieds douloureux et gonflés du poids des chaînes qu'il avait prises par excès de grandeur d'ame.

J'en conclus, termina Aspasie, que la CHARITÉ, cette vertu qui nous porte à nous dévouer pour le bien-être de nos semblables, est celle qui nous rapproche le plus de la Divinité; elle a cela de délicieux, qu'en la pratiquant, nous nous soulageons autant nous-mêmes que l'infortuné qui reçoit nos secours.

Madame de Senneville, vivement émue de la grâce touchante avec laquelle sa digne élève s'était acquittée de sa tâche, lui tendit les bras, l'embrassa, et ouvrant la corbeille mystérieuse, en sortant une couronne de roses blanches, elle la posa sur la tête de sa chère disciple, en lui faisant présent à la fois d'un livre de MÉDITATIONS CHRÉTIENNES, relié avec luxe.

Ce premier prix remporté ne pouvait manquer d'exciter dans l'intéressante assemblée la plus vive émulation, ce dont s'aperçut avec plaisir l'Institutrice, dont le but secret d'ailleurs était de répandre parmi ses pensionnaires le désir de se surpasser les unes les autres en instruction et en morale.

C'était le tour de Caroline :

C'est à la savante comtesse de Genlis, dont les vertus égalent les talens et le mérite, et qui fait loi, quand elle donne des PRÉCEPTES D'ÉDUCATION, que notre judicieuse Directrice a emprunté ces MAXIMES sur le VICE et la VERTU :

« On est toujours économe de la chose dont on veut faire un digne et utile emploi; ainsi, rien ne ménage mieux le temps que la vertu. Mais au contraire le vice en est prodigue, et quoiqu'il soit souvent effrayé de sa rapidité, il craint également son poids et la longueur de sa durée; il le conserve par sa folie, et il se repent ensuite de l'avoir abrégé... Le vice a des momens d'abattement, de paresse, d'inquiétude et de découragement qui sont inconnus à la vertu. On marche mollement dans le chemin aplani du vice, car en y entrant on abandonne la véritable vigueur, c'est-à-dire toute sa force morale : on marche avec activité dans la route heureuse de la vertu. Plus on avance, plus la perspective que l'on découvre devient belle et ravissante. Cette route n'a point de ténèbres, et à chaque pas que l'on y fait, on est guidé par une clarté plus vive!... La vieillesse n'y rallentit point le courage, et un attrait céleste, un pouvoir surnaturel y donne des ailes à la décrépitude même!... Ce sentier divin n'est pas, il est vrai, assez battu, assez fréquenté; mais comme on y chérit ceux qu'on y rencontre!... comme ces nobles compagnons de voyage paraissent beaux, grands, héroïques!... Là, jamais la basse envie n'a pu flétrir un seul sentiment; là, nous admirons du fond de l'ame ceux mêmes qui nous devancent et qui nous surpassent. La vaste carrière du vice n'est jamais déserte; la foule s'y renouvelle sans cesse; mais, dans cette multitude d'individus, on n'aperçoit que des complices ou des rivaux; on n'y trouvera jamais un véritable ami: on s'y heurte, on s'y presse avec turbulence, ou l'on s'y laisse entraîner par faiblesse et par affaissement; tout y est illusoire; on croit y marcher sur des roses, et l'on n'y sent que des épines; en ne regardant que superficiellement, on voit des chemins parsemés de fleurs et d'objets séduisans; mais si l'on osait examiner attentivement ce dangereux labyrinthe, on y découvrirait des piéges cruels, des embûches profondes, d'horribles précipices, et des fantômes hideux. Les moins à plaindre des infortunés qui s'y engagent, sont ceux qui se défient de leurs compagnons: on doit espérer qu'ils pourront rétrograder et trouver quelques issues pour sortir de ces affreux repaires;

mais ceux qui s'y élancent sans défiance et sans crainte, ou sont perdus sans retour, ou ne s'en affranchiront qu'après avoir subi tous les tourmens imposés par le vice, le plus barbare de tous les tyrans, et le seul qui ne punisse avec une extrême cruauté que les infortunés qui lui cèdent et qui lui obéissent. »

Après le récit de ces belles maximes, Caroline se mit à dire : Il ne conviendrait pas à mon sexe et à mon âge de fournir un exemple *des dangers du vice*; j'y réussirais mal, puisque notre chère Institutrice ne nous en donne que *de vertu*;... je vais donc esquisser en peu de mots un trait que l'histoire présente à notre admiration.

Lors des conquêtes immenses que les Portugais firent dans le Nouveau-Monde, après sa découverte par Christophe Colomb, le *père de Laurièra*, franciscain, missionnaire pour la foi et la religion chrétienne, devint, avec d'autres officiers, le prisonnier d'une horde d'Indiens. Une quantité de ces derniers ayant été également pris par les Portugais, le père de Laurièra, proposa au roi de Cambaye de le laisser retourner en Europe, à la cour de Lisbonne, afin de traiter du cartel d'échange des prisonniers. Cependant ce souverain, tout en écoutant le missionnaire, ne laissa pas de lui faire lire sur sa physionomie les doutes et les craintes que lui inspirait son retour; ce dont le franciscain ne manqua pas de s'apercevoir aussitôt : « Hé bien, dit alors ce dernier, en détachant son cordon de sa ceinture et le remettant entre les mains du roi, voici un gage assuré de ma foi et de ma scrupuleuse exactitude à revenir et à me remettre en votre pouvoir. »

A cette assurance et sur cette pieuse caution, le roi de Cambaye le laissa libre, et ne mit aucun obstacle à son départ. Cependant les démarches qu'il fit à sa cour ne produisant aucun résultat heureux pour le projet d'échange des prisonniers, le franciscain, religieux observateur de sa

Page 146.

« Voici un gage assuré de ma foi ! . . . . »

parole, revint fidèlement reprendre ses fers et observer son serment. Ce trait de vertu frappa tellement d'admiration le roi de Cambaye, que non-seulement il rendit la liberté au père de Laurièra, mais encore, et sans rançon, à tous les prisonniers portugais qui se trouvaient dans sa dépendance, et de plus embrassa le christianisme, convaincu avec raison qu'une religion qui anime de tels hommes doit seule émaner de la Divinité même.

Aussitôt que Caroline eut fini son discours, nouveaux applaudissemens, nouveaux embrassemens de la part de madame de Senneville, et un nouveau prix accompagné d'une couronne d'*immortelles* : cette fleur ne convient-elle pas à tout ce qui a trait à la vertu ?

Notre sage Institutrice mit ici quelque intervalle, afin de laisser reposer ses intéressantes élèves, et de plus, voulant rendre la RÉCRÉATION complètement agréable, elle fit apporter des fruits, des pâtisseries, des crêmes qui, selon l'opinion de la folâtre Aglaé, ne nuisirent en rien aux charmes de la CONVERSATION.

Quand cette collation champêtre fut terminée, madame de Senneville effleura quelques leçons sur l'utilité pour les jeunes personnes des arts d'agrément, tels que la musique, le dessin, la peinture: avec ces talens, dit-elle, jamais une femme n'éprouve l'ennui, ce fléau des paresseux, et si souvent le complice du vice!.. La nature, poursuivit-elle, est si admirable dans ses œuvres, qu'on ne saurait trop la contempler et chercher à l'imiter! Avec sa palette et ses pinceaux, une femme se plaît à faire revivre les traits chéris de son père, de sa mère, et ces précieuses images l'entretiennent à chaque instant de ses sentimens et de ses devoirs. Des fleurs, des fruits, un charmant paysage captiveront encore ses délicieux loisirs: Dieu est partout, et dans l'incarnat et les parfums d'une rose il fait chérir ses ouvrages. Oui, je le répète, mes enfans, la peinture agrandit l'esprit et nourrit le cœur par de touchans tableaux ; qu'il est doux, par exemple, pour une mère de peindre ses propres enfans ! de pouvoir aussi guider leurs premiers essais sur la toile !... La musique encore polit nos mœurs, adoucit la rudesse de caractère, et nous inspire un religieux enthousiasme. Aussi qu'il est beau, qu'il est doux de chanter les louanges de Dieu, et de s'accompagner avec habileté sur le noble instrument du roi David ! Dans de pareilles occupations, soit peinture, soit musique, soit broderie, soit lecture, nos esprits sont toujours dignement absorbés, et jamais il ne s'y glisse de ces idées funestes qui s'emparent ordinairement d'une ame sans énergie.

Après ces exhortations, la comtesse de Senneville voulant laisser prendre quelque dissipation à ses élèves, les laissa en pleine liberté ; elle était loin d'ignorer combien sont précieux pour la jeunesse les bienfaits de la gymnastique, c'est-à-dire les exercices de la course, de la danse, de la balançoire, du volant, et elle était la première à y exciter ses chères pensionnaires.

Nous remettons donc à la CAUSERIE suivante la relation des autres discours et contes qui gagnèrent les prix de la corbeille, d'autant plus que nos chers lecteurs n'auront pas oublié sans doute que nos jeunes personnes ont trois jours de fête....

QUATRIÈME CONVERSATION.

Séance *académique* à l'Ermitage du Jardin. — MAXIMES SUR LA JUSTICE : grand acte de justice de Louis XII. — Nouvelle tirée de GULISTAN, OU LE JARDIN DES ROSES. — DE LA GRANDEUR D'AME; DES DEVOIRS DES FEMMES. — CONTE ASIATIQUE : LE PAUVRE ENRICHI, OU LES DANGERS DE L'OPULENCE, etc.

« Mais si j'en crois mon cœur, c'est à vous, sexe aimable,
Qu'on doit des ENTRETIENS le charme inexprimable :
Avec un tact plus fin, des sens plus délicats,
Vous gouvernez vos modestes États,
Vous maniez avec plus de souplesse
Des passions la sauvage rudesse !...
Nous raisonnons, et vous persuadez ;
Des grâces que vous possédez,
Votre langage se colore :
Comme un parfum voluptueux
N'attend, pour s'exhaler, qu'un des soupirs de Flore.

DELILLE.

Le temps était assez bas, nébuleux, incertain : au lieu de se rendre au bosquet accoutumé, madame de Senneville conduisit cette fois-là ses élèves au petit ermitage, près le pont chinois; quant à sa fille Olympie, fille pieuse et fidèle au mausolée de son père, elle y fit ce jour-là une longue station; c'était l'anniversaire de la mort du comte: l'Institutrice elle-même était en grand deuil; ainsi l'on voit que le lieu, le costume, la disposition du temps, celle des esprits, tout concourait à inspirer cette sorte de charme et de plaisir qui naît d'une douce tristesse.

Par la place élevée qu'avait prise madame de Senneville, elle se trouvait tout près d'un prie-Dieu, et avait un Christ en ivoire sur velours noir fixé au-dessus de sa tête: ce tableau imposant causait un respect, un recueillement dont tous les sentimens devaient naturellement se ressentir. Enfin, la corbeille apportée, Hortense débuta de la sorte:

MAXIMES SUR LA JUSTICE.

On entend par *justice* ce qui est conforme au droit, à l'ordre, au bon sens, à la raison. La Justice est la fille du Ciel, la sœur de la Religion, et puise toutes ses lois dans l'esprit de l'Evangile. Cette vertu trouve occasion de s'exercer à chaque instant du jour, et pour notre sexe particulièrement, soit comme demoiselles, soit comme épouses et mères. La justice, ou le sentiment de l'équité, nous raffermit dans les devoirs du mariage, et quand nous les enfreignons, nous portons atteinte à la justice et à nos sermens.

Cette belle qualité nous préserve encore, si nous sommes nées dans l'opulence, d'accabler nos domestiques de tout le poids de notre orgueil. Nous sentons avec *justice* combien le sort de ceux qui se soumettent par nécessité à nos passions, à nos moindres caprices, est déjà assez cruel, sans faire peser encore sur les chaînes de leur servitude le fardeau *injuste* de nos orgueilleuses fantaisies; mais si la justice a des beautés pratiquées par notre sexe, de quel surcroît d'éclat elle brille sur le trône!

Mes citations morales vont être, à cet égard, comme celles de notre honorée et chère Institutrice, en *souvenirs* et en traits anecdotiques. Donnons au premier le titre de :

GRAND ACTE DE JUSTICE

DE LOUIS XII,

SURNOMMÉ LE PÈRE DU PEUPLE.

Un brave sergent se trouvait de service au palais de ce monarque, et, dans son absence, un des plus puissans seigneurs de sa cour, dans un moment d'*injuste* brutalité, sur un léger prétexte, cassa le bras à ce bon et fidèle militaire qui remplissait ses devoirs avec une scrupuleuse exactitude. A son retour au palais, Louis XII n'est pas plus tôt informé de cet acte de barbarie, d'arbitraire et d'*injustice*, qu'il ordonne à son parlement de s'assembler, et s'y rend en grand deuil et un bras en écharpe, avec une physionomie austère et toutes les démonstrations d'une profonde douleur....

La cour, surprise de voir le Roi dans cet état, lui en demande la raison par l'organe de son président, surtout quel accident fatal oblige SA MAJESTÉ à porter ainsi son bras en écharpe?...— Un mal qui exige de prompts remèdes, répondit le monarque ingénieux.—Ayant ensuite instruit la cour du traitement barbare qui avait été fait au pauvre sergent, Louis XII ajouta : « *Puisqu'on fait une pareille violence à ceux* « *qui exécutent les ordres de ma justice,* « *que me servira le bras qui en porte le* « *glaive, aussi bien que mon sceptre et ma* « *couronne?* »

Le parlement sentit la force et la finesse de cette allusion, et condamna le grand seigneur à faire non-seulement des excuses au sergent, mais encore à lui payer une somme considérable pour l'indemniser des souffrances qu'il lui avait fait essuyer.

Le second trait de *justice*, poursuivit Hortense, est d'une nature plus grave, mais a toujours pour base la même vertu :

FRANÇOIS Ier fut *juste*, spirituel et brave. On se rappelle que le seigneur de Talart assassina Jean Desmarets. Aussitôt que l'aïeule de cet infortuné en apprit la fatale nouvelle, elle courut aussitôt au Louvre, et se jeta aux pieds du Roi pour lui demander *justice* et vengeance du sang de son petit-fils..... — « *Relevez-vous*, lui « dit le monarque, *il n'est pas nécessaire* « *de se mettre à genoux pour me de-* « *mander justice, je la dois ; à la bonne* « *heure si c'était pour me demander grâce.* »

Effectivement l'assassin fut mis en jugement, et condamné à avoir la tête tranchée aux halles de Paris.

De notre belle France, continua notre intéressante *Causeuse*, je vais transporter la scène de mes narrations dans l'Asie, dans cette terre riche et féconde, émaillée de toutes parts de pierreries, embaumée partout de faste et de parfums, de ce pays magnifique où le despotisme le plus cruel s'unit souvent à la grandeur d'ame, la générosité à la barbarie, la liberté avec la servitude, et la vertu avec la stupide idolâtrie.

Le sultan *Ali-Mahmoud*, jeune encore, superbe, bien fait, souvent couronné dans les combats des mains de la Victoire, dédaignait cependant au fond de l'ame ces vains triomphes, dit Saadi, auteur persan, dans son livre intitulé : GULISTAN, OU LE JARDIN DES ROSES.

Non, le vertueux visir faisait consister son unique bonheur à être fidèle à une seule épouse, d'autant qu'il était père de deux fils pleins de mérite, mais dont le cœur gâté par les courtisans s'enivrait parfois de l'ivresse du pouvoir, s'imaginant qu'en leur titre de fils du prince, ils pouvaient se mettre au-dessus des lois et tout se permettre.

Déjà Ali-Mahmoud les avait châtiés en juge, et non en père, de cet excès d'audace et d'indignité de la part des enfans du souverain, qui devaient au peuple l'exemple de toutes les vertus, bien loin de se les faire imposer par la rigueur des lois... Enfin, un soir, la nuit étant assez avancée, un Arabe accourut au palais du sultan demander aux gardes la faveur de lui parler, ce qui lui fut accordé de suite; car ce prince avait déclaré à ses sujets qu'à telle heure que ce fût on pouvait s'adresser à lui pour obtenir *justice*.

Sa Hautesse, lui dit l'Arabe tout ému, deux inconnus richement habillés, se prévalant de leur rang et de leurs richesses, exercent mille violences injurieuses, mille outrages envers ma femme et mes filles...

Ce rapport fait avec chaleur par l'Arabe, Ali-Mahmoud quitte brusquement les carreaux de soie où il était étendu, et ordonnant à l'Arabe de le guider vers sa demeure, il le suit à pied accompagné de quelques gardes.

Arrivé sur les lieux, le sultan, avant d'entrer dans la maison de l'Arabe offensé, ordonne qu'on y éteigne les lumières, et qu'on enveloppe la tête des deux coupables dans un manteau; c'est dans cet état et dans une profonde obscurité qu'il commande qu'on les poignarde.

L'exécution faite, Ali-Mahmoud fait rallumer les flambeaux, et dans une agitation difficile à exprimer, placé comme père entre le doute le plus douloureux, comme monarque entre son inflexible devoir, il fait lever les manteaux qui cachaient les traits des deux inconnus...

Ah ! quel bonheur ! s'écria-t-il en les considérant, grâces en soient rendues aux Dieux immortels !...

Quelle faveur, lui demanda un de ses courtisans, Votre Hautesse aurait donc reçue de leur toute puissance?...— Quelle faveur ! reprit Ali avec la plus vive émotion; je soupçonnais mes fils coupables du délit dont je viens de faire faire justice, et je tremblais que cette justice inflexible que je dois à mes peuples ne m'ait rendu parricide !... C'est pour ce motif encore que j'avais ordonné qu'on éteignît les lumières, qu'on couvrît le visage de ces criminels, craignant que si j'avais retrouvé en eux mes deux fils, quelque faiblesse ne portât atteinte au glaive de la justice, aux intérêts de la nation, et ne me fît pardonner en père, au lieu de punir en souverain !.....

Le plaisir indicible qu'avait causé la narration d'Hortense était si lisible sur toutes les physionomies, qu'on y vit succéder, aussitôt qu'elle se tut, le chagrin de ne plus l'entendre. Il est vrai que cette jeune personne avait une mémoire d'*à propos* si heureuse et si bien ornée, que sur toutes les vertus comme sur tous les vices, elle aurait pu fournir des traits et des anecdotes à satiété, ce qui d'ailleurs l'avait fait surnommer d'une voix générale LA MNÉMOSYME DU PENSIONNAT.

Madame de Senneville était trop judicieuse dans ses récompenses pour en refuser à cette élève, qui annonçait tout le caractère d'une fille de mérite, douée d'une ame fortement trempée ; aussi lui posa-t-elle sur la tête une couronne de feuilles de chêne, mais non sans lui recommander d'avoir quelquefois la flexibilité du roseau, car, comme le dit le bon La Fontaine, *il vaut mieux plier que rompre*. Cette observation qu'elle lui faisait provenait de ce qu'elle lui avait souvent reconnu beaucoup de roideur dans maintes circonstances.

Une autre élève, mademoiselle Adèle de Gourville, prit la parole. Les MAXIMES que madame de Senneville lui avaient données à méditer roulèrent sur LA GRANDEUR D'AME, LES DEVOIRS DES FEMMES, etc., etc., maximes toutes extraites des œuvres de madame la comtesse de Genlis ou de celles de Fénélon.

Les prétendus philosophes du dernier siècle, se mit à dire mademoiselle de Gourville, ainsi que leurs disciples, ont pris plaisir, depuis plus de quatre-vingts ans, à élever sans cesse des qualités, des actions arbitraires, et même des vices, au-dessus du devoir, et c'est une des choses qui a le plus contribué à bouleverser toutes les idées morales. Rien n'est aussi beau que le simple devoir, fondé sur les préceptes religieux, lorsqu'il est fidèlement suivi, parce qu'il peut seul être la règle infaillible de nos actions, de nos erreurs, et la juste mesure de la vertu.

Dans le cours ordinaire de la vie, surtout pour les jeunes personnes et les femmes mariées, le devoir toujours admirable n'offre rien d'éblouissant; il ne nous demande que des vertus modestes qui touchent sans briller, et dont souvent même il prescrit de cacher les sacrifices les plus méritoires et les plus pénibles. Les plus grandes vertus dans notre sexe, celles qui imposent le plus de douleurs, de sacrifices, sont bien loin d'être couronnées publiquement d'applaudissemens et de suffrages; souvent même, en pratiquant ces mêmes vertus dans l'ombre de notre ménage, sommes-nous en butte aux traits de la calomnie la plus cruelle! Par exemple, le monde traitera notre vertu de pruderie, notre dévotion d'hypocrisie, et notre chasteté de froideur.

D'un autre côté, souvent un époux se conduit avec une injustice révoltante à notre égard; mais alors une épouse malheureuse dans son union doit renfermer en soi ses peines : ses confidences sur un tel point seraient de coupables délations, comme l'a si bien dit un de nos poètes, *Destouches*.

« Le devoir d'une épouse est de paraître heureuse. »

Il en est de même pour les enfans bien nés, qui ne doivent jamais se plaindre de leurs parens et revéler leurs défauts aux domestiques par des conversations indiscrètes. Combien il est ridicule et même coupable, de la part d'une jeune personne, d'avoir des chuchoteries mystérieuses avec sa bonne ou sa femme de chambre, sur les défauts ou les torts de sa maman! Sa mère doit être à ses yeux un objet sacré; toute critique dans sa bouche est un sacrilége. Lui fait-on apercevoir quelque erreur, quelque inconvenance dans sa conduite? respectueuse et soumise, pour toute réponse elle doit dire : *Je l'aime, je la respecte; c'est ma mère!*

Oui, le seul devoir dans notre sexe inspire un courage éclatant qui va souvent jusqu'à l'héroïsme. C'est ainsi que dans les préceptes sur le mariage, l'Evangile dit : *Vous, maris, aimez vos femmes comme Jésus-Christ a aimé l'Eglise, jusqu'à se livrer lui-même pour elle.* — L'esprit saint qui a fait encore cet autre commandement : *Faites l'aumône de votre bien, et ne détournez votre visage d'aucun pauvre*, donne encore celui-ci : *Lorsque vous ferez l'aumône, que votre main gauche ne sache point ce que fait votre main droite.*

Les Grecs, dans leur ingénieux paganisme, avaient élevé deux temples qui se touchaient, l'un à l'*honneur* et l'autre à *la vertu*, et il fallait passer par ce dernier pour arriver au *temple de l'honneur!* Le christianisme a perfectionné cette belle idée, en sanctifiant la vertu dont il a fait, dans tous les détails de la vie, un devoir essentiel.

Sous un autre rapport, si la modestie est la vertu de notre sexe, LA GRANDEUR D'AME doit être celle des hommes et surtout des princes, quoique cependant on puisse en témoigner dans toutes les conditions de la vie.

Aucun monarque n'en montra plus peut-être que Henri IV. C'est un instinct élevé de l'ame qui nous porte au beau, au grand, à l'honnête; il honore la vertu dans l'ennemi même qui a su résister. Ce généreux prince avait donné ordre qu'on reçût dans ses gardes du corps le soldat qui lui avait fait une blessure à la bataille d'Aumale. Un jour qu'il se promenait dans son carrosse avec le duc d'Estrées, apercevant ce garde qui se tenait près de la portière de la voiture, il se mit à dire : « *Voilà le* « *brave qui m'a blessé à la journée d'Au*- « *male !* » Mais ayant remarqué aussitôt que ce garde, pénétré de regrets, en versait des pleurs : « *Apaisez-vous*, lui dit-il, « *mon ami, je n'en parlerai plus.* »

* * *

Mademoiselle Adèle de Gourville n'avait pas entendu, sans une sécrète envie, mais bien innocente au fond, que celle qui l'avait précédée dans l'ÉTUDE DES MAXIMES et les IMPROVISATIONS analogues, avait puisé, avec quelque art, des traits dans l'Asie : voulant donc prouver que sa mémoire était assez bien meublée à cet égard, elle annonça à l'Institutrice, ainsi qu'à ses chères compagnes, TROIS CONTES ASIATIQUES, qui ne laissaient pas de se rattacher toujours à son texte.

On prêtait donc, de toutes parts, la plus grande attention, et jusqu'à la folle Aglaé, elle était tranquille et silencieuse !... L'attente générale était d'autant plus vive, que la comtesse de Senneville elle-même avait promis depuis long-temps un CONTE ARABE, et qu'on espérait entendre immédiatement après les récits d'Adèle.

Je vais vous entretenir, dit-elle avec un doux sourire, des qualités éminentes que possédait AURENG-ZEB, empereur des Mogols, vers l'année 1707. Ce prince, quoique sortant d'une maladie très-dangereuse, et à peine en convalescence, ne laissait pas de se livrer aux soins de son empire avec un zèle au-dessus de ses forces. Alors un de ses ministres lui fit des représentations sur les nouveaux périls auxquels il exposait sa santé à peine rétablie....

A ces observations, pour toute réponse, Aureng-Zeb lui lance un regard foudroyant où se peignaient à la fois le dédain et l'indignation; et adressant ensuite la parole aux seigneurs de sa suite, il leur tint ce discours, dans lequel respire toute la GRANDEUR DE SON AME :

« N'avouez-vous pas qu'il y a des cir-« constances où un roi doit hasarder sa « vie et périr les armes à la main, s'il le « faut, pour la défense de la patrie?... « Et ce vil flatteur (en montrant au doigt « son ministre) ne veut pas que je con-« sacre mes veilles au bonheur de mes su-« jets! Croit-il donc que j'ignore que la « divinité ne m'a fait monter sur le trône « que pour la félicité de tant de millions « de sujets qu'elle m'a soumis?... Non,

« Aureng-Zeb n'oubliera jamais le vers de « Saadi :

« Rois, cessez d'être rois, ou régnez par vous-mêmes... »

« Hélas! la grandeur et la prospérité « ne nous tendent que trop de piéges! « Malheureux que nous sommes! tout nous « entraîne à la mollesse, le luxe, les plai- « sirs par leurs attraits puissans. Fau- « dra-t-il que des ministres élèvent encore « leur voix perfide pour combattre la vertu « toujours faible et chancelante des mo- « narques, et les perdre par de funestes « conseils? »

Oui, voilà de la véritable GRANDEUR D'AME, réfléchit madame de Senneville, et d'autant plus belle que dans l'Orient les princes jouissent ou plutôt abusent d'un pouvoir sans bornes, font trancher la tête à vingt esclaves pour la plus légère faute, et ne suivent enfin d'autres lois que leurs caprices absolus.

Mademoiselle de Gourville reprit, et

donna à son second conte persan le titre du :

PAUVRE ENRICHI,

ou

LES DANGERS DE L'OPULENCE.

Un jeune roi de Perse se livrait à tous les déréglemens d'une vie licencieuse, ne s'imposant d'autres devoirs que les plaisirs de la chasse, de la table et de mille dissipations interdites par la majesté du trône. Un jour, qu'assis sur des carreaux somptueux à un banquet splendide, une coupe en vermeil à la main, ébloui par l'ivresse, il chantait ces paroles : « *Je jouissais du moment qui s'est passé, je jouis encore du moment qui passe, et je commence à jouir de celui qui succède. Content et tranquille, l'espérance d'aucun bien ne me donne nulle inquiétude.* » — A ces chants indiscrets, un indigent en lambeaux, mourant de faim, couché sur la pierre, sous le balcon de l'appartement où avait lieu le royal banquet, ayant entendu et reconnu la voix du prince, se mit à lui crier : « *Si tu es sans inquiétude sur « ton sort, n'en as-tu jamais pour le « nôtre?* »

A ces reproches si pénibles, le jeune roi, frappé comme d'un coup de foudre, se lève de table, s'approche de la fenêtre, considère pendant quelques secondes l'indigent dans un profond silence, puis s'adressant à son grand-visir, il lui donne certains ordres à voix basse....

Soudain le grand-visir se lève avec promptitude, fait signe à quelques esclaves de le suivre : descendu à la porte du palais où était encore l'indigent, celui-ci est entouré, assailli par des esclaves... Le malheureux se persuade d'abord que son audace va lui coûter la vie; mais point du tout : ce nouveau Gulistan, transporté sur un superbe palanquin dans un palais magnifique, est mis dans un bain, parfumé d'essences et revêtu de somptueux habits;

un trésorier mit à sa disposition des sommes considérables, et tous les attraits du faste semblent conspirer à l'envi l'un de l'autre pour varier ses plaisirs.

Que faisait de son côté le jeune roi persan?... Frappé comme d'un trait de lumière du reproche, quoiqu'un peu brutal, du pauvre, il écarta d'une main sévère les plaisirs et les flatteurs qui avaient endormi toutes ses facultés par des vapeurs séduisantes mais perfides; la sobriété la plus austère succéda aux pompes des festins. Le premier levé et le dernier couché de sa cour, il donna l'exemple de la vigilance, visita les hôpitaux à l'improviste, voulant prendre les administrateurs frauduleux sur le fait; au lieu d'habiles cuisiniers prit d'habiles ministres; l'étude du cabinet, la revue de ses troupes, des visites fréquentes aux ateliers des artistes firent refleurir les beaux-arts dans son royaume, remplacèrent partout les abus, les vices par les talens, par les vertus, et il devint enfin en quelques années le modèle des princes, l'idole de ses sujets, la merveille de toute l'Asie.

Qui avait opéré ce miracle?... s'écria avec un charmant enthousiasme mademoiselle Adèle de Gourville; eh mais, un sentiment de GRANDEUR D'AME qui était naturel, qui était *inné* dans ce prince, vertu qui ne faisait que sommeiller, accablée sous les pavots du plaisir, et qui ne demandait qu'une étincelle pour réveiller, pour embraser toutes les autres vertus de son grand cœur!

Vous êtes sans doute curieuses maintenant, mes chères compagnes, réfléchit l'intéressante *Causeuse*, du sort du pauvre, notre nouveau Gulistan?... —Séduit, corrompu à son tour par l'éclat de son rang, de ses richesses, il n'y avait pas d'excès auquel il ne se livrât, point de prodigalités dont il ne reculât encore les bornes; chaque jour le jeune roi, son bienfaiteur *anonyme*, était instruit par son grand-visir de la licence et du désordre dans lequel vivait le pauvre impudent qu'il avait comblé de biens. A ces rapports, le prince souriait et semblait jouir d'un secret triomphe.

Enfin notre nouveau riche, à force de folles dépenses de toute nature, se voit ruiné, chassé de son palais par ses créanciers nombreux, dépouillé de ses superbes habits, et en peu de temps réduit à une affreuse misère, bref à porter de nouveau ces haillons sous lesquels il avait osé apostropher son monarque...

C'est dans cet état que, marchant à pas lents, affecté de la goutte, la vue affoiblie, les sens appesantis, suites ordinaires des excès de la table, il se dirige, ou plutôt il se traîne vers le palais du roi, qu'il se mit à contempler, non sans faire les réflexions les plus sinistres, et en demandant de nouveau l'aumône...

Le roi, instruit de toutes ses démarches, enchanté du succès de son entreprise, mande alors son grand-visir, ses ministres, ses gardes, toute sa cour, dans la salle du trône, permet même au peuple d'y entrer; et là, investi de toute sa puissance, et surtout de l'estime et de l'amour de ses sujets, il fait venir son nouveau riche *ruiné*...

— « Hé bien, lui dit-il, quel est celui « de nous deux qui a le mieux profité de la « double leçon ?... Tu étais pauvre, tu me « reprochais mes folies, mes égaremens ; « je t'ai comblé de richesses, je me suis « corrigé. Toi, au contraire, habile à voir « les défauts d'autrui, mais incapable de « reconnaître les tiens, tu n'as fait qu'un « abus coupable de ta prospérité nouvelle, « oubliant mon mauvais exemple dont tu « aurais pu tirer un grand avantage : va « maintenant servir de risée à mon peuple ; « je puis t'abandonner à ton sort sans « que tu aies aucun droit de m'accuser « d'ingratitude. »

Aussitôt que le jeune roi eut fait ce discours, qui fut applaudi par mille témoignages muets de respect et d'admiration, l'indigent prodigue fut mis à la porte du palais, à travers les huées de cent esclaves, qui, l'ayant forcé de monter sur le même palanquin qui l'avait transporté au palais dont il était dépossédé, le promenèrent dans toute la ville, où il fut couvert de huées et de honte.

Le poëte *Saadi* ajoute pourtant que le roi, touché de son malheur, et reconnaissant de ce qu'il devait à sa première témérité, lui assura une existence, mais une existence médiocre, foyer tranquille, obscur, mais assuré de vertus et de bonheur.

L'aimable orateur avait un troisième et dernier CONTE ASIATIQUE à raconter; voyons s'il renfermera autant de morale et d'intérêt que celui-là. Il avait pour titre gracieux :

L'AURORE D'UN BEAU JOUR.

QUEL plus beau spectacle, s'écria mademoiselle Adèle de Gourville, que celui de la vertu sur le trône, distribuant des palmes au génie, à la valeur, aux talens!

TCHÉ-FA, empereur de la Chine, était allé rejoindre les ombres de ses ancêtres. Son fils, KAN-PHAL, était appelé à monter sur le trône, et à gouverner l'Empire chinois. De tous les coins de l'Empire on voyait arriver dans Pékin de curieux citoyens qui venaient assister au couronnement du nouveau monarque ; c'étaient des députations de la grande famille : ils se pressaient autour du trône pour goûter les bienfaits qui devaient s'en échapper, et se promettaient de rapporter à leurs compatriotes des espérances de bonheur et de gloire. Kan-Phal ne démentit pas l'espoir de ses enfans (car depuis dix-huit siècles les souverains de la Chine prennent le titre de Père avant celui de Roi); il réalisa tout le bien qu'on pensait de lui, et s'attira, dès la première semaine de son règne, l'amour et la bénédiction de ses peuples; mais ce fut surtout à la suite de la pompeuse cérémonie du labourage qu'il fit briller toutes les qualités de son grand cœur et de sa justice. A peine eut-il achevé le royal sillon, à peine eut-il dételé lui-même les bœufs, coursiers pacifiques de l'agriculture, qu'il fit signe au peuple d'approcher; et se plaçant entre les habits de pourpre de ses courtisans et le cœur de ses sujets, il fit faire silence et prononça ce discours, vraiment paternel :

« Mes enfans, Tché-Fa, votre père et le mien, m'a laissé de grands devoirs à remplir, de grands travaux à continuer; toute sa vie fut employée à la prospérité de l'Empire, au salut de ses sujets. Dédaignant cette gloire facile qui ne s'acquiert qu'au prix du sang et des sueurs du peuple, il sacrifia le titre effroyable de *conquérant* au surnom si doux d'ami de la paix; cependant Tché-Fa, mes enfans, a prouvé qu'il méprisait la mort et les dangers, quand une irruption de Tartares vint troubler la sécurité de ses frontières; quand la peste, fléau mille fois plus terrible encore, étendit ses ailes désastreuses dans quelques unes de nos provinces, on vit, dans ces circonstances fatales, Tché-Fa courir au premier rang des braves, et se montrer aux yeux de ses sujets étonnés, sous la double image du dieu de la guerre et du dieu de la santé.

Ces images qui obscurcirent un moment l'horizon de la patrie, s'éloignèrent bientôt, et notre père rentra dans son palais pour y tracer de nouvelles lois, et répandre sur son peuple alarmé de nouveaux bienfaits et de nouvelles espérances. Le Ciel l'a rappelé vers lui. C'est moi, héritier de son sceptre, admirateur de ses vertus, qui suis chargé par la Divinité, non de vous le faire oublier, mais d'adoucir vos regrets, en pleurant avec vous et en continuant ses travaux. La tâche est peut-être au-dessus de mes forces, mon amour pour vous me trompe peut-être en ma faveur, mes chers enfans; si Tché-Fa ne m'a point légué toutes ses vertus, si le Ciel ne m'a point accordé toutes les grâces dont il s'était plu à le combler, il m'a au moins donné un grand amour pour ce qui est juste et bon, un bras pour vous défendre et un cœur pour vous aimer! »

Le jeune monarque eut à peine prononcé cette phrase, poursuivit mademoiselle de Gourville, que des applaudissemens universels firent retentir les airs. On pleurait de joie, on s'embrassait, on se félicitait : l'immense plaine de Tchal-Mulk, où la scène se passait, semblait être une vaste réunion de famille. Le prince fit signe qu'il voulait continuer; le silence se rétablit, et il termina ainsi son discours :

« Comme j'ai l'intime conviction que les bons conseillers font presque toujours les bons rois, j'ai, à l'exemple de mon père, choisi six mandarins pour assister à mes conférences, et y adapter l'esprit d'ordre, de prudence et de justice qui les distinguent. Mes enfans, c'est la voix publique qui me les a désignés; c'est une voix qui ne se trompe jamais. En vous faisant part de mon choix, c'est donc le vôtre que je sanctionne à la face du Ciel et de la terre.

« Bulmalek a, depuis quarante ans, servi le roi et la patrie. Ses honorables blessures, ses cicatrices déposent assez qu'il s'est toujours montré le premier dans le chemin de l'honneur. Je le nomme mandarin de tous les chariots de guerre.

« Fat-Sé a, pendant vingt ans, dirigé le fisc particulier de la Basse-Daouri; pauvre il est entré dans ses fonctions, pauvre il en est sorti !... Son éloge consiste en deux mots : je le nomme mandarin des deniers publics.

« Pal-Sha, dernier rejeton de la race de Confucius, nous présente le plus beau modèle de l'éclat d'un grand nom et d'un beau caractère; ses principes sont purs comme ceux de l'empire de Dieu; sa doctrine simple et vraie comme la nature. Je le nomme mandarin des écoles publiques.

« Phal-Sab est un brave marin qui a délivré nos rivages des pirates qui les désolaient. Grâce à ses exploits, notre pavillon peut flotter sur toutes les mers. Je l'ai nommé mandarin des deux expéditions maritimes.

« Amac-Sol-Sut, avec une médiocre fortune, se créa de grandes richesses; il rendit nos voisins tributaires des magnifiques productions de son art et de son industrie particulière; il encouragea les sciences, les lettres et les arts. Je le nomme mandarin des cités.

« Enfin Fo-Kien, par les études de toute sa vie, ses voyages, ses réflexions, le genre de ses travaux, connaît les mœurs, le génie, les habitudes de chaque peuple. Je l'ai nommé mandarin des affaires de l'Empire. »

Le prince terminait à peine ses promotions, qu'un nouveau concert de louanges et de bénédictions s'éleva dans les airs. Le peuple témoigna par des cris d'allégresse combien il était sensible à la bienveillance de son roi; et c'est au milieu des nouveaux élus et au bruit de l'explosion gracieuse de la félicité publique, que le nouveau roi se rendit à son palais pour jouir encore au sein de sa famille DE L'AURORE D'UN BEAU JOUR.

— Quelles seraient donc, sur ce dernier conte, vos réflexions morales? demanda l'Institutrice à notre intéressante élève. — Je pense, répondit-elle, que si ce fragment d'histoire vient un jour sous les yeux d'un jeune prince, il pourra en tirer des exemples très-utiles pour sa propre conduite quand il sera monté un jour sur le trône; je vais plus loin, je crois même que, dans une région moins élevée, et jusque dans la bourgeoisie, ce conte peut donner d'excellentes leçons aux deux sexes pour l'administration même de l'intérieur d'une famille. Un chef de maison dans l'opulence, une femme très-riche entourée de nombreux enfans, de domestiques, puis de parasites de toute espèce, ne ressemblent-ils pas, le premier à un petit monarque, la seconde à une souveraine?.. Que de flatteries, de flatteurs, d'éloges insidieux cherchent de toutes parts à les corrompre dans l'unique but d'avoir part au gâteau de leurs richesses!... Par exemple, cette dame, dans le faste, a-t-elle quelque peu d'agrémens, quelque peu d'esprit?... aussitôt le précepteur de son fils, le jour de sa fête, la comparera pour la beauté à Vénus, pour l'esprit à madame de Sévigné, pour la sagesse à Minerve. Son époux n'est pas plus à l'abri de cet encens grossier et vénal : des faiseurs de couplets à gages iront jusqu'à le mettre au-dessus même de Jupiter; l'Olympe est tout scandalisé de ces usurpations ridicules, et jusqu'au dernier laquais de la maison, jusqu'au marmiton du cuisinier, a son genre d'adulation intéressée pour exercer ses criminelles rapines dans un hôtel où la flatterie des sujets a eu l'art perfide d'étendre un épais bandeau sur l'amour-propre des maîtres.

Je répéterai donc, dit mademoiselle de Gourville, que le palais d'un prince, rempli de lâches sycophantes qui spéculent sur sa crédule vanité, peut servir de leçon à l'hôtel d'un particulier riche, puisque dans tous les rangs de la société il y a des êtres officieux qui spéculent sur les erreurs et les égaremens des personnes dont l'éducation leur est confiée, intrigans toujours plus actifs à développer le germe de ces mêmes vices qu'à faire dominer celui de leurs vertus natives!... Combien de milliers de *Narcisse*, hélas! pour un seul *Burrhus* (1)! Je me rappelle, à cet égard, le conseil que Charles-Quint, roi d'Espagne, donna un jour à un jeune prince qui, se disposant à partir pour un long voyage, venait offrir au monarque son respectueux hommage et ses adieux: — « Vous « voyez cette feuille blanche, lui dit « Charles-Quint, en prenant une feuille « de papier, rien n'en altère la pureté; « hé bien, vous êtes cette feuille blanche: « vos bons principes, votre sagesse méri- « tent la comparaison. » Puis, chiffonnant cette même feuille, y faisant maints plis: « Maintenant, poursuivit ce sou- « verain, tentez à présent, si vous le « pouvez, de redresser cette feuille?... » — Le jeune prince l'essaya vainement;

(1) Narcisse cherchait à corrompre la jeunesse de Néron, tandis qu'au contraire Burrhus employait toute sa vertu à le préserver des poisons du crime.

la feuille était flétrie pour toujours....
— « Voilà, voilà, dit alors le roi, l'effet « indestructible que produit le vice sur « une ame pure et virginale ; rien n'en « peut rétablir la vertu, une fois fanée par « le souffle du vice.... »

Mademoiselle de Gourville allait continuer ses conclusions sur la NOUVELLE CHINOISE, sur l'empereur *Tché-Fa*, quand une salve d'applaudissemens vint l'interrompre de la manière la plus flatteuse... C'était pour son heureuse citation *de la feuille blanche* dont tout l'auditoire goûta la justesse : en effet, la plupart des jeunes gens de famille qui voyagent ressemblent à cette feuille; ils partent imbus des principes d'une excellente éducation, et perdant insensiblement dans des pays lointains leurs qualités *indigènes*, ils les troquent contre des défauts *exotiques*... Funeste et désavantageux échange dans lequel le cœur troque des vertus nationales contre des vices étrangers !...

Je me résume à dire, reprit Adèle, que

l'empereur Tché-Fa, en faisant choix de mandarins dignes de sa confiance et de celle de son peuple, faisait preuve d'une sagesse qui peut servir de modèle à toutes les classes de la société, puisque, du choix des personnes qui nous entourent à tout âge, dépend, en grande partie, notre bonheur et l'estime publique.

Venez que je vous embrasse, ma chère enfant, lui dit madame de Senneville, quand elle eut fini son édifiante harangue : venez, vous *la feuille blanche*, vous, lys virginal que le souffle des passions ne courbera jamais!... Avec des vertus aussi éclairées puis-je jamais rien craindre pour toi des ÉCUEILS DU MONDE?.... Comme des vagues impuissantes, elles murmureront autour de ta vertu; non, tu as trop d'esprit, de discernement pour devenir une femme vulgaire, esclave des hochets du siècle. A l'exemple de cette mère illustre des Gracques, tu pareras tes enfans, non de vains bijoux, mais de l'éclat plus durable de ton propre mérite!...

En ce moment, émue par un sentiment tout maternel, madame de Senneville sortit de l'urne des prix une couronne de roses blanches qu'elle plaça sur le front de notre héroïne, et lui fit don d'un ouvrage de M. BOUILLI sur la conduite des JEUNES FEMMES....

La cloche du dîner s'étant fait entendre, tout notre auditoire se leva et se dirigea, comme un léger essaim, vers la salle du réfectoire. Madame de Senneville marcha moins qu'elle ne fut portée par tous ses enfans, qui formaient autour d'elle le plus touchant cortége; mélange enchanteur de folie, de gaieté, de raison, de sentiment et de reconnaissance pour les soins que prenait leur chère Institutrice. Pour Olympie, toujours fidèle au culte du mausolée, ayant entendu la cloche, elle le quitta, et suivit à pas lents le joyeux cortége jusqu'à la salle à manger, où ayant pris un livre de l'écriture sainte et un autre de MADAME LA COMTESSE DE GENLIS, *sur les devoirs des jeunes personnes dans le monde*, elle fit debout, et suivant l'usage de ce pensionnat, placée à l'extrémité de la table, une lecture aussi curieuse qu'instructive : le reste de la soirée fut employé aux jeux; chaque pensionnaire cultiva son petit jardin; l'une reçut au parloir ses parens, l'autre écrivit aux siens. Nenska, polonaise charmante, étudiait la botanique et principalement les fleurs; Caroline de Lindorff, de Berlin, envoyée à Paris pour y faire son éducation, était passionnée pour l'ENTHOMOLOGIE (*science des insectes*), les mœurs de l'abeille surtout absorbaient toutes ses méditations; Adélaïde, de la classe nacarat, pinçait de la harpe dans un bosquet; Laurence, munie de sa palette et de ses pinceaux, peignait l'ermitage et le mausolée du jardin à l'insu d'Olympie, à qui elle avait intention de faire présent de ce touchant tableau...; dona Mathilda d'Alvarès, d'origine espagnole, pinçait de la guitare à son balcon; Aglaé, la folle Aglaé, l'accompagnait avec les castagnettes; enfin tout dans cet aimable sanctuaire des talens, de la jeunesse et de la vertu, présentait un tableau riant, cosmopolite, animé, sur lequel la nature répandait son plus doux coloris, et le Ciel toutes ses plus grandes bénédictions.

CINQUIÈME CONVERSATION.

Deuxième séance de CONVERSATIONS à l'Ermitage; conseils de l'Institutrice; ses recommandations charitables sur les difformités. — NOUVELLES ANECDOTES ÉDIFIANTES. — LES TROIS ROSES MAGIQUES; NOUVELLE ALLÉGORIQUE. — Fragmens de l'Histoire du Portugal. Tremblement de terre de Lisbonne, etc., etc.

« Comme un parfum délicieux
Dont la mollesse orientale
Remplit un flacon précieux,
En légères vapeurs sa science s'exhale,
Se laisse deviner, et jamais ne s'étale
Dans des discours ambitieux. »

QUE la nuit parut longue à nos jeunes compagnes! si quelque chose en diminua les ennuis, ce furent des songes charmans de tout ce qui avait été raconté dans les CONVERSATIONS précédentes. Chacune de nos tendres vierges se rappellait les moindres particularités des MAXIMES et des NOUVELLES qui avaient fait la base de leurs CAUSERIES. C'était donc bien toujours, suivant notre titre, LA MORALE EN SOUVENIRS !...

— L'une, par exemple, se proposait, avec un secret orgueil, aussitôt qu'elle serait entrée dans le monde, d'y être une petite héroïne de vertu, de modestie, de grandeur d'ame; une autre, inspirée par un feu céleste, ambitionnait les palmes de la religion, et voyait déjà son front plein de candeur couvert du bandeau du cloître...; celle-là, dans ses projets de charité, se faisait la mère des indigens, prodiguait toute sa fortune aux malheureux...; celle-ci, orgueilleuse par avance d'avoir des fils dignes du roi et de la patrie, les élevait en héros, et savourait en idée la gloire qui en rejaillirait sur elle.... Tant le feu de l'émulation, tant, dis-je, les préceptes et les encouragemens d'une Institutrice éclairée et vertueuse ont d'empire sur les organes flexibles de la jeunesse !...

C'était, le lecteur se le rappelle, le premier jour de fête; et si le temps était toujours chargé de nuages, les CONTES n'en avaient que plus de charmes; car les teintes mélancoliques conviennent mieux à ce genre de plaisir : les cœurs se rapprochent, l'intérêt se concentre; on se serre en silence comme pour ne pas perdre la plus petite partie de ce genre de volupté, qui est toute en sentiment et en rêveries délicieuses.

Tout notre aimable aréopage féminin, assis de nouveau en demi-cercle dans le petit ermitage, la comtesse commença par faire de tendres reproches à quelques demoiselles qui s'étaient permises des railleries sur les défauts physiques de plusieurs parens qui étaient venus visiter des pensionnaires. Madame de Senneville fit à cet égard une peinture fort judicieuse de la fragilité de la beauté et des avantages corporels. Peut-on s'enorgueillir un seul instant, dit-elle, quand on réfléchit qu'une maladie inopinée peut, en quelques jours, faner le plus beau visage, qu'un accident peut rendre difforme le plus beau corps?.... L'Institutrice saisit cette occasion pour gronder quelques demoiselles qui, malgré ses remontrances, se moquaient de leur maître à danser, parce qu'il avait les jambes torses, et du maître de dessin, parce qu'il était bossu. Est-ce donc leur faute? en ont-ils moins de talent? Ce maître de dessin se donne-t-il pour modèle, pour l'Apollon du Belvédère?... Non, sans doute, mes enfans; ses crayons habiles dirigent les vôtres sur de beaux types; et leurs jambes et leurs bosses n'arrêtent en rien vos dispositions, votre zèle et vos progrès. Savez-vous d'ailleurs quelle est la cause, pour tous deux, de leur difformité?...... Vous les reverrez, vous les chérirez, j'en suis certaine, quand je vous l'aurai apprise!... Hé bien, si ce pauvre maître de danse, né d'une famille aisée, ruinée dans des spéculations de commerce, par des associés sans foi, est devenu contrefait, c'est en se précipitant vers un équipage dont les chevaux avaient pris le mors aux dents, et en se jetant, en se pendant de toutes ses forces aux rênes, afin d'arrêter ces coursiers fougueux, sans frein, qui allaient entraîner dans un fleuve voisin une jeune femme et sa fille en proie aux plus grandes terreurs qu'on puisse éprouver!... Leur courageux libérateur eut les jambes fracassées, et tout l'art des chirurgiens n'a pu leur rendre leur première forme. Le maître de dessin n'en a pas moins de droits à tous vos respects, à votre admiration même, mesdemoiselles. Son frère, accusé d'un crime imaginaire par des ennemis, fut plongé dans un cachot obscur; en frère sensible, ou plutôt en Pylade, en généreux ami, il ne le quitte plus qu'il n'ait prouvé son innocence et obtenu sa liberté; il partage donc sa paille humide, sa nourriture repoussante, et jusqu'à ses fers!... Enfin le Ciel fait triompher l'innocence, le prisonnier est libre; mais ce frère, qui s'est dévoué, s'il a acquis la gloire du plus beau dévouement, il a perdu sa santé; sa poitrine est affectée pour toujours, sa taille se tourne par l'effet des convulsions, comme par des affections scrofuleuses, et enfin ce héros de l'amour fraternel devient un bossu!...

Voilà, voilà, mes enfans, s'écria madame de Senneville, comme nous jugeons la plupart du temps sur de fausses apparences! Notre rire éclate aux dépens de notre bon sens, de notre équité; et puis nous irons prodiguer notre sotte admiration à une grande beauté, glacée comme une colonne de marbre *dure et polie*, qui, brillante de toilette, laisse mourir sa mère à l'hôpital!

Pour Dieu, mes bonnes amies, ne commettez pas ces grossières erreurs quand vous serez rentrées dans vos familles! Respectez, honorez les infirmités, les difformités, et surtout la vieillesse: les cheveux blancs sont une couronne sur la tête du vieillard, quand il a vécu vertueux. A chaque minute, à chaque seconde, n'êtes-vous pas exposées vous-mêmes à être estropiées? Je pourrais vous citer vingt exemples de reines, de princesses qui ont perdu un œil à la chasse; celle-ci a été traînée par son palefroi, et en est devenue horrible; celle-là, par suite de grossesse, a été métamorphosée en Ésope. De même, si votre maîtresse de harpe est borgne et porte perruque, si votre maître de langue anglaise n'a plus de dents et est manchot, c'est encore à cause de leur dévouement, de leurs sentimens héroïques....

Par ce rapide aperçu des difformités humaines, vous voilà donc convaincues, mes chères enfans, combien il est injuste, irréfléchi, pour ne pas dire cruel, de lancer au hasard un sarcasme, un trait ironique sur un infortuné contrefait, qui ne doit quelquefois son infirmité qu'à l'oubli, qu'au sacrifice généreux qu'il a fait de lui-même.

Il en sera de même, poursuivit madame de Senneville, des personnes dont la toilette mesquine, en désordre, passée de mode, excitera le mépris, le rire sanglant d'une belle dédaigneuse qui, dans son ridicule aveuglement, ne soupçonne même pas les vertus qu'elle insulte, les grandes qualités qui se dérobent sous des vêtemens modestes. D'ailleurs, quel prix peut-on raisonnablement attacher au clinquant, au vernis des choses et des personnes?... Tous les fabulistes, depuis *Esope* jusqu'à *La Fontaine*, depuis *Pilpay* jusqu'à *Florian*, ne nous ont-ils pas prouvé dans leurs apologues ingénieux, que la beauté des formes extérieures ne prouvait jamais rien? Qu'importe donc qu'une jeune personne soit belle, bien parée, si elle est sotte, sans instruction, si sa tête, si son cœur sont vides, et que seulement remplie de son imbécille suffisance, la nature et son orgueil ne lui fassent jouer d'autre rôle que celui d'une statue?... Ah! gardez-vous d'être jamais jalouses de ses vains avantages. Bientôt effacée dans un cercle par une fille d'esprit et de talent, elle n'aura brillé, elle n'aura captivé les regards pendant quelques secondes, que pour retomber promptement dans l'oubli le plus honteux. Ainsi, le lilas au printemps est fier de son brillant feuillage, il insulte le ceps de vigne, raille amèrement ses nœuds et ses membres tortueux; mais le ceps de vigne se rit de ces outrages insensés, et triomphe de son rival pompeux, inutile, éphémère, en se couronnant, en automne, avec une prudente lenteur, de pampres et de grappes vermeilles.

Oui, je le répète, la propreté, qui, suivant l'expression délicate de Platon, *est une demi-vertu*, est aussi une qualité indispensable dans notre sexe. La coquetterie, l'ostentation de la toilette sont des *écueils* qu'il vous faut soigneusement éviter dans le monde; car une fille dont l'ame d'ailleurs est honnête, ne peut vraiment assurer, du moment qu'elle s'est laissée séduire par ses prestiges, jusqu'à quel point l'entraînerait ses parfums. Une fois sur ce terrain glissant, elle finira un jour par mettre dans la même balance une parure en diamans, et son honneur... Que dis-je!

corrompue par la passion de briller, elle n'hésitera pas une seconde, et le vain et scandaleux trophée d'attirer tous les yeux dans un bal ou dans un cercle, lui fera fouler aux pieds les trésors inappréciables de sa vertu et de sa réputation.

Savez-vous d'ailleurs qui vous enviez dans cette impudente qui, le front couvert de pierreries et de plumes, la taille drapée d'un fastueux cachemire, vole dans une calèche rapide au bois de Boulogne, osant quelquefois ordonner à son impudent cocher de couper l'équipage de la femme d'un ambassadeur?... — Qui??? — Hé mais, une fille d'Opéra, ou bien l'épouse criminelle d'un banqueroutier qui, enrichi des vols d'une triple faillite, a mis à l'hôpital vingt familles d'honnêtes artisans!... Et voilà comme, la plupart du temps, on admire sur les surfaces!

Ce beau monsieur encore, à l'air noble, à la mise cossue, dont les doigts, la chemise sont parés d'épingles en brillans, de riches bagues...? Hé bien, c'est un Belge, c'est un fripon, qui, se dérobant aux lois de son pays, vient, sous le double voile favorable du contumace et d'un autre nom, éblouir des sots, et faire de nouvelles dupes.

Par un contraste étrange, les vertus demeurent avec l'indigence dans d'obscures mansardes : la lampe de l'étude y éclaire les veilles de l'homme de génie qui ne songe pas à se parer, mais à instruire son siècle; la beauté vertueuse y travaille dans l'ombre, et trop souvent dans les plus dures privations; mais combien l'encens de ses soupirs est agréable au Ciel!... combien elle est indemnisée par sa conscience de tous ses sacrifices! Les épreuves de la vertu d'ailleurs ne sont pas de longue durée; Dieu ne les met jamais au-dessus des forces humaines : après quelque temps de souffrances, elle en sort plus brillante que jamais. D'un autre côté, il faut peu de bonheur pour une ame vertueuse : une seule sensation de plaisir, de succès, l'inonde d'un torrent de délices, de volupté, au lieu que la coupe du vice est toujours mêlée d'amertume, et vous place sans cesse dans un mal-aise sombre, dont souvent le plus grand tumulte du luxe et des folies ne peut distraire.

L'habile Palmyre, secondée par une mémoire excellente, ayant répété ce sermon avec chaleur, l'émotion fut générale, et des embrassemens de ses compagnes et de l'Institutrice devinrent sa juste récompense.

Ces esquisses profondes, quoique tracées d'un pinceau rapide par notre AIMABLE INSTITUTRICE, n'étaient-elles pas bien précieuses pour ces jeunes personnes, comme elles doivent l'être indubitablement pour nos lectrices, en ce qu'elles les garantissent par avance de ces funestes prédilections dont on s'engoue dans le monde pour telle et telle femme séduisante dans ses manières, pour tel et tel personnage *vernissé* du meilleur ton, mais méprisables et dangereux par tous leurs antécédans comme par le fond??...

La timide Palmyre, ayant témoigné, depuis plusieurs de ces séances champêtres, le désir de citer quelques traits historiques, après que son front se fut couvert de la rougeur du carmin le plus délicat, elle s'exprima ainsi dans un conte auquel elle donna le titre de :

TALEB,

OU

L'HÉROÏSME DE L'HOSPITALITÉ.

Taleb avait eu le malheur de tuer le père de l'émir Alcasar. Celui-ci brûlait depuis long-temps du désir de se venger. Un jour, comme il était près de sortir de sa maison pour continuer ses recherches, il y vit entrer un inconnu qui lui demanda humblement l'hospitalité. Alcasar reçut son nouvel hôte avec la plus grande cordialité, le fit asseoir à sa table, et le recut de son mieux. Le lendemain, l'émir sortit encore, et courut toute la ville pour découvrir l'objet de sa vengéance. Le soir, désespéré d'avoir perdu ses pas, il revient chez lui de fort mauvaise humeur, et soupe avec l'étranger qui lui demande avec intérêt la cause de sa mélancolie. Après bien des instances réitérées inutilement plusieurs jours, Alcasar déclare enfin à l'inconnu que, depuis un an, il cherche, sans pouvoir le trouver, un certain Taleb, meurtrier de son père. « Oh bien, dit l'étranger en ôtant une barbe postiche qui le déguisait, ne cherchez plus votre ennemi, il est en votre présence; connaissez en moi Taleb. — Vous, Taleb! s'écrie alors l'émir; ô Ciel! est-il possible!.... Mais vous êtes mon hôte. Tenez, prenez cette bourse, éloignez-vous de ma maison, et je verrai ensuite ce que j'aurai à faire.»

Sans doute, réfléchit ici madame de Senneville, l'hospitalité nous impose de grands devoirs; cependant aucune considération humaine ne peut faire tolérer la présence du meurtrier d'un père, et peut-être Dieu même prescrirait, autoriserait la dénonciation d'un tel monstre. Ainsi, l'émir Alcasar a plutôt ici observé des vertus locales qu'obéi aux lois de la nature. Si nous ne devons pas punir par nous-mêmes l'assassin de l'auteur de nos jous, Thémis du moins nous oblige rigoureusement de le livrer à sa justice; mais comme je vous le disais tout à l'heure, mes enfans, l'hospitalité en Asie et chez les Grecs dégénérait en enthousiasme, et l'on ne peut enfin considérer ses bienfaits, sous beaucoup de rapports, que comme une vertu de convention.

Léonie ayant demandé la parole, Palmyre lui laissa raconter le trait suivant :

Une femme très-pauvre, qui goûtait la consolation d'avoir une fille aimable, et dont les grâces modestes annonçaient la sagesse, se présente avec cette jeune personne à l'audience du célèbre cardinal Farnèse. Elle lui expose qu'elle était sur le point d'être renvoyée avec sa fille d'un petit appartement qu'elles occupaient chez un homme fort riche, parce qu'elles ne pouvaient lui payer cinq sequins qui lui étaient dus. Le ton d'honnêteté avec lequel elle faisait connaître son malheur fit aisément comprendre au cardinal qu'elle n'y était tombée, que parce que la vertu lui était plus chère que les richesses. Il écrivit un mandat, et la chargea de le porter à son intendant : celui-ci, après l'avoir ouvert, compta sur-le-champ cinquante sequins. « Monsieur, lui dit cette femme, je ne demandais pas tant à monseigneur, et certainement il s'est trompé. » Il fallut, pour faire cesser la contestation, que l'intendant allât lui-même parler au cardinal. Son Eminence, en reprenant son mandat, dit aux deux jeunes personnes qui étaient présentes : « Vous avez tous raison ; je m'étais trompé ; le procédé de madame le prouve. » Et au lieu de cinquante sequins, il en écrivit cinq cents, qu'il engagea la vertueuse mère à accepter pour marier sa fille.

Comme un trait de générosité fait toujours plaisir, celui-ci fut couvert d'applaudissemens. Il n'est tel que des jeunes cœurs pour sentir la mérite d'un bienfait.

La variété dans la morale est notre devise; c'est pourquoi, si l'on y consent, je vais, reprit Palmyre, en recouvrant ses droits de Conteuse, j'espère, me rendre digne de votre attention par une anecdote assez piquante, et que j'intitulerai :

LE PIEUX LARCIN.

L'abbé Languet, curé de Saint-Sulpice à Paris, ne se faisait aucun scrupule de demander et même de prendre chez les gens riches, soit pour ses pauvres, soit pour la construction et l'ornement de son église. Il lui arrivait souvent d'emporter quelques couverts dans les maisons où il dînait, en prévenant toutefois pour qu'on n'inquiétât pas les domestiques.

L'évêque d'Amiens, son frère, avait reçu d'un prince étranger, en reconnaissance de services essentiels qu'il lui avait rendus, une superbe croix pastorale ornée de diamans magnifiques. Cette croix ayant été faussée et l'un des diamans déchaussé, il l'envoya au curé pour la faire raccommoder. Celui-ci en fit faire une absolument pareille en stras, l'envoya à son frère, et plaça la véritable en couronnement à l'ostensoir de son église. Longtemps après, il se trouva chez l'évêque des connaisseurs en ce genre; il voulut leur faire voir cette croix magnifique qu'il tenait soigneusement renfermée dans un étui; mais il fut étrangement surpris quand on lui dit, à l'inspection seule et qu'on lui prouva, que les diamans étaient faux. Il écrivit tout de suite à son frère pour lui dire de faire arrêter l'ouvrier à qui il s'était confié, et qui l'avait volé ainsi impunément. « Ne faites point de jugement téméraire, mon cher frère, répondit le curé, et ne soyez point inquiet de votre croix : elle formait sur votre poitrine un ornement bien inutile; à présent elle est l'objet de la vénération des fidèles : elle embellit la demeure du Saint des Saints, et je vous engage à venir vous prosterner devant elle. »

Ce vertueux curé, plein de zèle pour le service et la gloire de l'Eglise, avait raison, conclua notre judicieuse présidente; un vol de cette nature devient un acte de piété, et s'épure par l'intention : toutefois mettons des bornes très-étroites à un dévouement, à une ferveur semblable, et ne nous faisons jamais une vertu aux dépens d'autrui; ne serait-il pas bien plus beau que le curé Languet eût décoré la croix sainte de ses propres diamans?....

Palmyre poursuivit, après ces sages réflexions, et ne cessa pas d'intéresser vivement l'auditoire.

Le père Brydaine, célèbre prédicateur, était fort suivi dans ses sermons qui étaient toujours improvisés. Il prêchait selon les lieux et l'auditoire. En 1751, le curé de Saint-Sulpice l'ayant invité à prêcher dans son église, toute la cour désira entendre ce missionnaire, dont on débitait des merveilles. Le père Brydaine monte en chaire, sans préparation, selon sa coutume. Du premier coup d'œil il aperçoit son auditoire, composé de tout ce qu'il y avait de plus brillant à Paris; loin de se laisser intimider, il tira au contraire un exorde de ce spectacle même, exorde qui fit le plus grand bruit, et que la circonstance créa bien mieux que l'art n'eût jamais pu le faire.

« A la vue d'un auditoire si nouveau pour moi, di-il, il semble, mes frères, que je ne devrais ouvrir la bouche que pour demander grâce en faveur d'un pauvre missionnaire dépourvu de tous les talens que vous exigez, quand on vient vous parler de votre salut. J'éprouve cependant aujourd'hui un sentiment bien différent, et si je suis humilié, gardez-vous de croire que je m'abaisse aux misérables inquiétudes de la vanité, comme si j'étais habitué à me prêcher moi-même. A Dieu ne plaise qu'un ministre du Ciel pense jamais avoir besoin d'excuse auprès de vous? Car, qui que vous soyez, vous n'êtes tous, comme moi, que des pêcheurs. C'est devant votre Dieu et le mien que je me sens pressé, dans ce moment, de frapper ma poitrine. Jusqu'à présent j'ai publié les justices du Très-Haut dans des temples couverts de chaume; j'ai prêché les rigueurs de la pénitence à des infortunés qui manquaient de pain; j'ai annoncé aux bons habitans des campagnes les vérités les plus effrayantes de ma religion; j'ai contristé les pauvres, les meilleurs amis de mon Dieu; j'ai porté l'épouvante et la douleur dans ces ames simples et fidèles que j'aurais du plaindre et consoler: c'est ici où mes regards ne tombent que sur des grands, sur des riches, sur des oppres-presseurs de l'humanité souffrante, ou sur des pécheurs audacieux et endurcis; ah! c'est ici seulement qu'il fallait faire retentir la parole sainte dans toute la force de son tonnerre, et placer avec moi dans cette chaire, d'un côté la mort qui vous menace, de l'autre mon grand Dieu qui vient vous juger. Je tiens aujourd'hui votre sentence à la main ; hommes superbes et dédaigneux qui m'écoutez. La nécessité du salut, la certitude de la mort, l'incertitude de cette heure si effroyable pour vous, l'impénitence finale, le jugement dernier, le petit nombre des élus, l'enfer !... et par dessus tout l'éternité.... l'éternité !... Voilà les sujets dont je viens vous entretenir, et que j'aurais dû sans doute réserver pour vous seuls. Eh ! qu'ai-je besoin de vos suffrages qui me damneraient peut-être sans vous sauver ! Dieu va vous émouvoir, tandis que son indigne ministre vous parlera ; car j'ai acquis une longue expérience de ses miséricordes. Alors, pénétré d'horreur pour vos iniquités passées, vous viendrez vous jeter entre mes bras, en versant des larmes de componction et de repentir, et à force de remords vous me trouverez assez éloquent ! »

On a déjà vu, dans les CONVERSATIONS précédentes, que la comtesse de Senneville était dans la coutume de faire toujours précéder une NOUVELLE de quelques INSTRUC-

TIONS morales préliminaires. Nos jeunes personnes, impatientes, sans toutefois n'avoir pas moins goûté les recommandations de leur sage Institutrice, attendaient donc avec une vive curiosité le conte d'usage, d'autant plus que la comtesse leur avait promis que cette fois il aurait les formes de la féerie et de l'extraordinaire. En conséquence, après quelques momens de repos, madame de Senneville annonça à la petite assemblée silencieuse UNE NOUVELLE ALLÉGORIQUE sous le titre de :

LES TROIS ROSES MAGIQUES,

OU

L'ÉCOLE DU MONDE.

Au fond d'un puits loge la vérité ;
La modestie, à notre œil enchanté,
Offre un vêtement diaphane ;
Ses attraits sont voilés, mais ne sont pas perdus,
Et ce voile lui-même est un charme de plus.... »

DELILLE.

JE me garderais bien, mes bonnes amies, se mit à dire avec un sourire fin notre Institutrice, de prétendre vous persuader que la NOUVELLE que je vais vous raconter, pour vous signaler de plus en plus les ÉCUEILS DU MONDE auxquels vous êtes toutes destinées à être exposées dans peu de temps, soit réelle; non, car loin de vous exciter à croire au merveilleux, à la féerie, aux choses surnaturelles, je m'appliquerai, au contraire, à vous démontrer que la plupart des événemens qui paraissent des prodiges à notre faible intelligence, n'en sont pas moins des faits naturels dont la seule physique trouve bientôt le secret. Ainsi, je saisirai cette occasion pour vous engager à ne jamais croire à la magie *blanche* ou *noire*, peu importe la couleur. Tout cela n'est que du charlatanisme, n'est qu'un monopole exercé par des intrigans, par des empyriques sur la crédulité des peuples. Il n'y eut donc jamais ni *revenans*, ni *esprits*, ni *gnomes*, ni *farfadets*, encore moins de devins, de sorciers, de magiciens. Toutes ces extravagances humaines proviennent du désir, de l'ambition dans l'homme de régner sur ses semblables par le prestige d'un pouvoir extraordinaire. Ainsi, pour vous en fournir un seul exemple parmi un grand nombre, MAHOMET, cet immortel et habile imposteur qui assujétit toute l'Asie sous le double joug de l'idolâtrie et des armes, avait dressé une colombe à venir becqueter dans son oreille des grains de millet, et par cette ruse il faisait croire aux peuples fanatiques que c'était un esprit saint qui venait lui communiquer les ordres et les révélations du Ciel. Un de ses complices encore, placé au fond d'un puits, répondait en oracle à ses questions. Le monstre!... il fit combler le puits quand il n'eut plus besoin de la complicité artificieuse de l'oracle!

On ne saurait nombrer vraiment les moyens qu'ont employés l'art, la fraude, l'ambition, pour subjuguer l'esprit des simples mortels qui, naturellement, courent après l'invraisemblable et l'impossible. Ainsi, pour revenir à mes TROIS ROSES MA-

GIQUES, laissons la fiction, l'allégorie pour ce qu'elles doivent être, et n'envisageons que les leçons qu'elles donnent sur l'ÉCOLE DU MONDE.

ANAÏS, AMANDA et FLORESTINE étaient trois sœurs jumelles d'une beauté parfaitement ressemblante; quelques minutes seules établissaient la différence d'âge entre elles; et leur maman, mettant ses plus grands plaisirs à les voir habillées toutes trois absolument des mêmes étoffes, souvent il m'était donc très-difficile de distinguer l'une de l'autre; aussi, pour y parvenir, avais-je grand soin d'attacher au bras de chacune des trois un ruban dont la différence de couleur m'aidait à ne pas me tromper. Ce moyen cependant ne me réussit que fort peu de temps, car les malicieuses jumelles se plaisaient à mettre en défaut ma sagacité, en changeant de rubans; alors les prenant de nouveau l'une pour l'autre, je grondais quelquefois Florestine, quand je ne lui devais que des éloges pour ses devoirs, et je récompensais Amanda, lorsqu'au contraire j'aurais dû lui imposer des pénitences.

Quant à leur caractère, si leur physique, si leur figure, si toute leur personne se ressemblaient parfaitement, combien, d'un autre côté, leurs inclinations, leurs goûts, leur caractère avaient peu de rapport entre eux! Non, mes bonnes amies, il est impossible de voir des contrastes aussi bizarres, et plus frappans dans des SOEURS JUMELLES!.. Par exemple, Anaïs était sensible, rêveuse, mélancolique, aimant la vertu, la solitude par principes, par prédiliction; des ouvrages toujours sérieux faisaient ses lectures favorites. Jamais vous ne l'eussiez vue, quoique à peine âgée de dix-sept ans, se mêler à vos jeux, à vos RÉCRÉATIONS; non, elle fuyait les choses frivoles pour meubler sa mémoire d'instructions solides, et si elle se livrait parfois aux charmes de la conversation, ce n'était qu'avec Olympie, ma fille, dans laquelle la conformité de goûts et de sentimens lui avait fait trouver sa meilleure amie.

Pour Amanda, elle était d'un genie actif, commercial, se passionnait au tableau de l'univers, prétendait épouser un jour un riche négociant, dont les talens et l'activité favorisassent son goût puissant pour les spéculations et le commerce. Dans ses projets, elle équipait vingt vaisseaux, qui, de l'Amérique aux Indes, en Asie, couraient les mers pour son compte, et lui assignaient, parmi les comptoirs de l'Europe, une des plus hautes places. Enfin Florestine était vive, légère, étourdie..., comme Aglaé... (ici notre charmante folle alla se jeter, en riant, dans les bras de sa chère maîtresse). — Oui, répéta-t-elle, légère, étourdie... comme Aglaé; j'y consens!... dit celle-ci; mais avait-elle mon cœur?...—Excellent, répondit avec promptitude la comtesse; elle donnait, elle prodiguait tous ses bijoux, toutes ses étrennes à ses compagnes : d'une famille très-riche, elle pouvait, à cet égard, donner pleine carrière à ses générosités; cependant cette belle qualité se trouvait ternie par un amour excessif de la parure, du bal, des dissipations brillantes, et lorsque sa maman lui avait fait passer quelques jours à son hôtel somptueux de la chaussée d'Antin, Florestine, pleine de douloureux regrets, l'esprit tout occupé des scènes de plaisirs qui avaient charmé ses sens, ne voyait plus les travaux du pensionnat qu'avec une secrète horreur. J'avais beau lui peindre, dans de vives images, par de nombreux exemples, les ÉCUEILS DU MONDE; elle me répondait par les images de ses fausses délices; elle me rappelait avec enthousiasme les toilettes qu'elle avait vues dans les cercles de sa maman, et celles qu'elle y avait faites; les nouvelles contredanses, les chapeaux nouveaux *à la glaneuse*, les robes *à la Faust*, les cachemires indiens, les ballets de l'Opéra, les harpes d'*Erard*, et les airs enchanteurs de *Léocadie*, de *Robin des bois* et du *Maçon*.

Rien ne pouvait donc dessiller les yeux de Florestine; elle voyait les plaisirs dangereux du monde en fanatique, et sa jeune et légère cervelle ne convenait pas qu'on pût y trouver du mal, du péril, et les blâmer!...

Dans cet état de choses, poursuivit madame de Senneville, sachant, d'un autre côté, mes TROIS SOEURS JUMELLES très-superstitieuses, crédules dans les songes, amantes des cartes qu'elles se faisaient tirer en secret lorsqu'elles étaient chez leur maman, il me vint l'idée de faire tourner à leur avantage un défaut que d'ailleurs je n'avais jamais pu guérir en elles par les meilleurs conseils. Ainsi, charmée de mon secret dessein, j'allai trouver une fleuriste, et lui commandai TROIS ROSES absolument semblables, qui, fixées à la branche d'un rosier artificiel, brillaient toutes trois du plus doux éclat. Leur ressemblance était parfaite; leurs odeurs, leurs parfums seuls étaient bien différens, ainsi que l'intérieur caché de leurs calices. D'abord une petite figure parfaitement faite, représentant un ange ailé, tenait dans ses mains la première de ces trois roses avec une légende en lettres d'or, sur laquelle on lisait : A LA VERTUEUSE ANAÏS; Mercure, le dieu du commerce, offrait la seconde A LA SAVANTE AMANDA; et enfin, une petite mais horrible figure, sous celle exacte du démon, destinait la troisième A LA LÉGÈRE, A L'IMPRUDENTE FLORESTINE.

Précisément, la veille du jour que je voulus mettre mon stratagème moral à exécution, dit la comtesse, nos trois jumelles venaient de me raconter un songe prophétique dans lequel une fée leur avait remis à chacune un flacon rempli d'une essence délicieuse, mais qui, après en avoir respiré, avait produit des sensations et des événemens bien bizarres. Je demandai à Florestine l'effet que le sien avait fait sur elle, et elle m'avoua, non sans beaucoup d'hésitation, que, malgré le baume énivrant de cette essence, les scènes ravissantes qu'il développa à l'imagination, elles avaient fait place dans

Page 22.

« .... et près d'elle je place mon rosier mystérieux .... »

son sommeil aux accidens les plus douloureux....

Voilà une belle occasion, me dis-je, de frapper cette nuit même ces esprits crédules, et mon allégorie aura, j'en suis certaine, tout le succès d'une excellente morale. Le bon La Fontaine a bien fait parler les animaux, pourquoi ne donnerais-je pas un langage prophétique aux fleurs, aux roses?... On a fait cette fleur la reine de l'empire de Flore, on l'offre comme l'emblème de la beauté : plus utile, qu'elle le soit cette fois-ci de la sagesse.

Je me dirige donc, pendant la nuit, sur la pointe du pied, vers les lits de nos héroïnes, qui toutes trois couchaient dans un appartement particulier, et près d'elles je place MON ROSIER MAGIQUE ET MYSTÉRIEUX ..

Les odeurs qu'il exhalait étaient très-fortes; elles ne purent pas moins que d'en avoir les nerfs irrités : c'étaient des baumes d'Asie, d'Arabie, des essences de roses, de musc, d'ambre, dont l'encens aromatique cause même une sorte d'ivresse pendant le sommeil. Enfin, soit conformité purement fortuite, soit influence de ces mêmes odeurs, nos trois sœurs ne virent en songe cette nuit-là que roses, que bouquets... Flore, la déesse des fleurs, répandait à pleines mains sur elles les trésors de sa corbeille; dans leurs habitudes superstitieuses, elles ne furent donc que médiocrement étonnées de voir, à leur réveil, dans leur appartement, mon rosier artificiel. Non-seulement elles en témoignèrent peu de surprise, mais encore chacune d'elles prétendit que son bon génie, son *sylphe* le lui avait annoncé dans un rêve enchanteur, dans un rêve charmant, précurseur des plus brillantes destinées, et chacune, dis-je, voulait s'arroger le droit exclusif de posséder *les trois roses mystérieuses*. Bref, ce démêlé aurait duré peut-être fort long-temps, si Anaïs, la première, s'approchant de plus près, n'eût découvert la légende flatteuse qui s'adressait à elle : « A LA VERTUEUSE ANAÏS..., » répéta-t-elle;

oui, si aimer Dieu, ses parens, le prochain, faire tout le bien possible est *vertu*, je crois sentir dans mon ame quelques étincelles de ce sentiment divin; Anaïs prit la rose, et se tint à l'écart : Amanda en fit autant pour celle qui lui était adressée, de même que Florestine, qui ne cueillit pas la sienne sans devenir un peu boudeuse : « *Lé-*
« *gère, imprudente!....* répétait-elle en
« soupirant; ma foi, monsieur le sylphe,
« vous auriez pu être un peu plus poli ! »

Florestine, d'abord de dépit, jeta à terre la petite figure du diable qui lui avait présenté sa rose, puis se mit ensuite à l'éparpiller, à l'effeuiller : c'était un point important sur lequel mon espoir s'était fondé; oui, mes bonnes amies, car j'avais caché dans le calice de chaque rose des MAXIMES PROPHÉTIQUES que je vais vous analyser en peu de mots. Commençons par celles adressées à la sage Anaïs.

« Vertueuse créature! que de prospé-
« rités l'ange du bonheur te prédit! Ta vie

« céleste, remplie de sagesse, coulera
« comme un ruisseau limpide parmi les
« fleurs; aucun orage n'en troublera le
« cours : le Ciel sourit d'avance à tous tes
« vœux. L'honneur de ta famille, tes en-
« fans feront un jour ta gloire et ta féli-
« cité; insensibles au clinquant du monde,
« ils en éviteront les écueils, et ne seront
« jaloux que d'imiter tes perfections. »

Les préceptes et l'avenir tracés pour Amanda n'étaient pas moins flatteurs; Florestine seule avait à gémir de sa part... En effet, quel destin effrayant je lui dévoilai par mes révélations allégoriques!... Après un tableau des fêtes, des bals, des toilettes dont elle était passionnée, je lui dépeignais, en traits énergiques, la ruine de sa fortune, les torts d'un époux immoral, inconstant, qui, à ses scandaleuses dépenses, à ses nombreuses infidélités, joindrait le vice affreux du joueur... Une fille, disais-je, ou plutôt un monstre, naîtrait de cet hymen funeste pour ajouter sa honte à la honte de ses parens; cette fille, nourrie au sein de mauvais exemples, après avoir été l'idole et la trop fidèle copie de sa mère, la maudirait comme l'auteur de toutes ses infortunes. Enfin la misère, l'abandon, le déshonneur étaient les fatales conséquences de mes avertissemens prophétiques!...

A cette lecture, Florestine manqua s'évanouir; jamais son esprit superstitieux et fanatique des choses merveilleuses n'avait été frappé si fortement; et ce que n'avaient jamais pu obtenir mes leçons les plus pathétiques, un prétendu songe, une rose artificielle l'opéraient!!.

Rêveuse, pensive, d'ailleurs jalouse en secret des beaux lots de ses sœurs, Florestine descendit dans le jardin, méditant sur le prodige qui absorbait tous ses esprits. Je la suivais des yeux, et jouissais tout bas de l'effet heureux qu'avait déjà produit l'allégorie. Elle était à peine parvenue aux bosquets, que la femme de chambre de sa maman se présenta d'un air joyeux pour l'emmener, disait-elle, sauf ma permission, chez sa mère, qui, ce jour-là, devait donner une fête magnifique.

Florestine, qui sautait toujours de joie à de semblables nouvelles, parut au contraire s'en affliger; elle voulait même refuser, quand je parus et insistai pour qu'elle obéît aux ordres de sa maman.

A son retour de la maison paternelle, au bout de quinze jours, je me plus à lui demander si elle avait eu beaucoup de plaisir... — Aucun, me répondit-elle. Alors elle me raconta de point en point ce que je savais mieux qu'elle, c'est-à-dire, l'apparition du rosier, la rose magique, la maxime terrible qu'elle avait retenue tout entière.... — Comment! Florestine, lui dis-je, vous auriez la faiblesse de croire à ces fictions?... Allez, allez, il n'y a ni magie ni sorciers; ce sera une de vos compagnes qui vous aura joué ce tour gracieux...— Fictions ou non, repartit notre héroïne, il n'est pas moins vrai que je veux profiter sérieusement de l'avis, et ce qui vient de se passer sous mes yeux dans les cercles brillans de ma famille, ne pourrait que me confirmer dans ce dessein. — Qu'est-ce donc que vous avez tant appris, ma bonne amie? lui demandai-je d'un air touché et curieux. — Ah! ma chère et honorée Institutrice, me répondit-elle avec sentiment, combien la rose avait raison!... Vraiment cette rose magique est un miroir fidèle des vices et des travers odieux de la société, de cette société perfide, adulatrice, où l'on encense le vice paré, où l'on dédaigne le mérite sans parure!... Oui, cette précieuse rose m'a fait faire plus de progrès en quelques jours dans la connaissance du monde, je l'avoue, que toutes vos sages leçons, dont mon aveuglement ne me permettait pas de sentir la profondeur...— Mais expliquez-moi donc promptement, chère Florestine, lui dis-je avec un tendre intérêt, tout ce que cette rose vous aurait appris, vous aurait enseigné à découvrir? Le voici, me répondit-elle, en me conduisant dans un de nos bosquets les plus retirés du jardin, et en me priant de m'asseoir à côté d'elle sur un banc de gazon. « Chagrine, jalouse de la rose d'Anaïs, humiliée de celle qui m'était tombée en partage, il me sembla, à son aspect, qu'un bandeau s'était détaché de mes yeux : ainsi quand la femme de chambre de ma mère vint pour m'emmener, le prestige était déjà presque entièrement dissipé ; la rose prophétique dans les feuilles de son calice, me fit prendre aussitôt en horreur le monde et ses plaisirs : ses funestes avertissemens étaient restés dans ma mémoire. Ainsi, quand ma mère me fit apporter une corbeille remplie des ajustemens de bal les plus galans, je frémis comme si j'avais respiré quelque poison subtil, et prétextant une indisposition, je priai qu'on me laissât quelques heures à moi-même dans mon appartement... Là, à demi couchée sur un sopha, je m'endormis d'un léger sommeil;... la rose magique parut encore, et j'entendis prononcer distinctement ces mots : « Florestine, ouvre ton cœur au

« repentir, ton esprit à la vérité : le bon-
« heur n'est pas dans le bruit du luxe et
« les fatigues de la toilette; les véritables
« jouissances de l'ame sont dans la bienfai-
« sance, la vertu et l'étude. Tu te crois,
« au milieu de tes somptueux salons, une
« idole adorée?... Erreur funeste; ton
« opulence seule attire cet essaim de fre-
« lons galans dont l'unique but est de cor-
« rompre ton innocence par le poison des
« éloges, et de participer à tes richesses.
« Abjure le faste de la parure, en songeant
« que l'or qu'il coûte pour un seul bal
« suffirait pour mettre à l'aise une famille
« indigente... Songe que le plaisir, la dis-
« sipation sont complices du vice; on s'y
« endurcit à la longue, et trop souvent
« même on monte au crime, sans prendre
« garde aux échelons, parce qu'ils étaient
« couverts de fleurs. »

« Je me réveillai en sursaut à ce nouvel avis douloureux, et, comme vous ne l'ignorez pas, naturellement très-superstitieuse, ainsi que mes sœurs, je pris pour oracle tout ce que j'avais entendu; d'ailleurs quand ce serait une nouvelle fiction, me disais-je, n'est-ce pas le Ciel même qui m'avertit?...

« Dès ce moment je renonçai aux fêtes brillantes données chez ma mère; ainsi, dans cette disposition d'esprit, j'éprouvai une véritable terreur, quand elle m'avertit que je sortirais bientôt du couvent pour épouser le comte de Doligny, jeune fat sans mœurs, connu par son amour pour le jeu et ses intrigues scandaleuses... Je vis aussitôt en lui, tel qu'un fantôme menaçant, le joueur qui m'avait été prédit par la rose: ma réponse à ma mère fut que je me croyais encore trop jeune pour former un lien de cette importance; je la conjurai d'ajourner ce projet de mariage.

« Loin donc de participer aux plaisirs, ou plutôt au bruit de l'hôtel, je me plus à faire des *épreuves* bien plus dignes de mes nouveaux sentimens: on m'adule, me disais-je, parce que je suis riche; mes maîtres de dessin, de harpe, de piano, de langues, qui me continuent les leçons quand je passe quelque temps chez ma mère, se récrient sur les prodiges de mon génie, sur mes talens, n'oublient jamais aucune mes perfections, et surtout *leurs cachets*... Je ne puis encore ouvrir la bouche à table, au salon, que d'élégans inutiles ne me disent que chaque mot est un trait d'esprit.... Si je danse, je suis Terpsichore; ma mère également a part aux fades adulations: tantôt on l'appelle la mère des Amours, tantôt elle a la fraîcheur de la jeunesse, et on la prendrait *pour ma sœur*... Tout cela n'est qu'une imposture intéressée!... Ah! avisons enfin aux moyens d'arracher tous ces masques odieux, et pour notre bonheur à venir, faisons mentir la rose dans ses fatales prophéties...

« Dès ce moment je m'habille du costume le plus modeste, je change mes traits avec quelques cosmétiques, seulement accompagnée de madame Granval, dame de confiance de ma mère, femme d'un vrai mérite, ruinée par l'effet d'une confiance irréfléchie, elle que j'avais tant de fois trouvée insupportable pour ses sages conseils, toujours exempts de flatterie, je lui communiquai mon plan secret d'*épreuves*, qui devaient avoir pour bases :

1°. L'*attachement* de mon futur époux ;

2°. L'*estime* des personnes qui composaient les cercles de ma mère ;

3°. Et enfin l'amitié, le désintéressement de tant d'*amis* qui nous faisaient chaque jour tant de belles protestations.

Madame de Granval, vivant retirée dans l'hôtel, n'était nullement connue ; nous partîmes donc un matin, toutes deux remplies de nos projets, à peu près comme l'*habitant de la Guadeloupe*, quand sous la livrée de la misère, il éprouve le cœur de ses parens, dupes de sa ruse. Je commençai par l'*estime publique*.... Qu'est-ce que je recueillis dans les diverses maisons où je me ménageai entrée par divers stratagèmes? « Ma mère, disait-on partout, « était une évaporée, une sotte qui cau- « serait bientôt sa ruine et celle de ses

« filles... Florestine, particulièrement, la « seconderait merveilleusement à mettre « le comble à ses malheurs; et j'étais déjà « perdue de réputation par mes inconsé- « quences et mes coquetteries!... »

— Essayais-je, par exemple, sous le prétexte de mon indigence, de donner des leçons dans tous les arts où mes maîtres voyaient en moi une *virtuose*?... On me riait au visage, on me trouvait sans talent, et à peine si l'on me jugeait digne d'être femme de chambre; car pour ces fonctions je rencontrai des maîtresses qui exigeaient tant de mérite, que je doute même si Clarisse Harlowe leur aurait convenu avec toutes ses perfections!

En effet, que de qualités on voulait de moi! et qui les exigeait, qui prétendait à tant de vertus et de génie dans une simple domestique?... Des femmes inutiles à leur famille, à la société, à leurs époux, que le soleil de midi trouvait tous les jours dans un repos ou plutôt dans une paresse honteuse!...

De même, me dis-je alors, j'ai eu l'injustice, j'ai eu la cruauté de tourmenter ma pauvre femme de chambre, de vouloir des choses au-dessus de ses forces; j'ai abusé à son égard de la supériorité de ma position, prenant pour un droit naturel ce qui n'est qu'un caprice de la fortune... Moi-même, ajoutai-je, dans ces reproches personnels, ne puis-je pas un jour devenir la femme de chambre de quelque coquette sans pitié, qui troublera impitoyablement mon sommeil, ma vie, en me faisant vieillir sur quelque chiffon éphémère?...

« J'appris aussi par maintes personnes le peu de cas que les domestiques de ma mère faisaient de moi; en revanche ils portaient la plus sincère estime à mes sœurs, et tous concluaient que j'étais un enfant gâté, une fille perdue qui finirait ses jours à l'hôpital!...

« Tout donc ici, me dis-je encore, s'est fait *rose magique* pour me tourmenter, pour me déchirer le cœur par des prophéties funestes! Bref (c'est toujours Florestine qui parle à madame de Senneville), l'attachement de mon futur époux ne sortit pas plus pur de l'*épreuve:* je sus qu'il ne recherchait ma main que pour payer ses dettes, et sans doute en contracter de nouvelles par le jeu, qui était son unique passion: « Car, dans le fond, dit-il une fois « devant moi, mais sans me reconnaître, « je n'avais *ni grâce, ni esprit, ni beauté;* « j'étais un sujet fort médiocre, sur lequel « l'opulence seule avait étendu ses vernis. »

« Pour les *amis*, il faut en rire !... Aux prétendues nouvelles de ruine, de désastre que, les yeux remplis de larmes, je leur annonçai de la part de ma mère, je les mis, pour ainsi dire, en fuite... Amélie Saint-Alban, par exemple, cette amie si chère, si tendre, qui, il y a peu de mois, ne pouvait me quitter ici, au pensionnat, et nous fit surnommer les *deux inséparables;* Amélie, désormais lancée dans le monde, se préparait, lorsque je vins lui déclarer *mes malheurs*, à assister avec sa maman à la soirée brillante d'un banquier; ce qui fit que tout entière à sa coiffure, à son coiffeur, elle jeta à peine un regard distrait sur son ancienne compagne de pensionnat, sur *sa chère amie à toute épreuve*. — « Dans une « affaire aussi importante (la soirée), « Amélie, osa-t-elle me dire, n'a pas un « instant à perdre... » — J'eus beau lui rappeler ses vains sermens d'amitié *pour la vie*, et lui faire entendre qu'un seul rouleau de vingt-cinq louis nous aiderait du moins à nous cacher, à nous dérober, moi et ma mère, aux poursuites de créanciers impitoyables; Amélie, parant ses cheveux des diamans mêmes que je lui avais donnés autrefois, témoignait l'ennui qu'elle souffrait de ma présence, et continuait un dialogue avec son coiffeur sur les pompons et les perles qui devaient former sur son front le diadême...

« C'en était assez,.... c'en était même trop sans doute pour faire évanouir toutes ces illusions trompeuses qui nous cachent les uns aux autres dans le monde; mais si d'un côté j'avais perdu des erreurs qui ne laissent pas d'avoir leurs charmes, d'un autre, à peine en quinze jours, j'avais acquis une maturité d'esprit extraordinaire : je n'étais plus cette Florestine dont les scandaleux hochets captivaient uniquement les esprits ; une révolution étonnante s'était opérée dans toute ma personne, et pourtant un seul mois d'épreuve avait fait cet ouvrage ! Active, ingénieuse à découvrir l'infortune, nous allions, moi et madame Granval, dans des greniers obscurs secourir l'indigence aux abois... Si j'y fais des ingrats, me disais-je, si l'or destiné à ma parure, mais employé à l'adoucissement de leurs maux, n'a pas fait naître en eux le sentiment sacré de la reconnaissance, les ingrats ! ils ne pourront du moins jamais me priver des délices attachées à l'action de faire du bien !... Le monde ne pourra m'enlever mes nouvelles vertus que je dois à sa perfidie, que je dois à cette ROSE MAGIQUE, source de mon changement et de mon repentir !... »

Vous concevez, mes chères enfans, toute

ma joie, en apprenant de la bouche même de Florestine l'effet, le succès prodigieux de ma féerie! Cependant, ayant lieu de craindre une rechute, je ne jugeais pas cette fois devoir lui apprendre que j'étais la fée, la prophétesse qui, par une heureuse allégorie, l'avait régénérée; j'en informai seulement ses sœurs, qui, elles-mêmes, peu de mois après, découvrirent le *rosier révélateur* comme étant de mon invention.

Florestine, d'ailleurs, guérie de ses idées superstitieuses, loin de retourner à ses premiers égaremens, n'en devint que plus affermie dans ses nouveaux principes de sagesse, et si j'éprouvai le chagrin de voir sortir MES TROIS SOEURS JUMELLES de mon Institution, j'eus aussi l'orgueil, la satisfaction de savoir que, dans le monde, aucune d'elles n'avait démenti ce caractère de vertu qui me les avait fait autant chérir qu'estimer.

Profitez de la leçon, jeunes personn, et plaçant une rose sous vos yeux, dites-vous, lorsque l'amour des brillantes frivolités vous entraînera à quelque inconséquence :

« SOUS LES PLIS DES FEUILLES DE CETTE
« ROSE EST GRAVÉ UN ARRÊT FATAL QUI CON-
« DAMNE LE VICE A UNE HONTE ET DES REGRETS
« ÉTERNELS. »

Nous n'avons pas encore fait mention, dans ces séances, demi-amusantes, demi-instructives, de la silencieuse *Valérie*, jeune pensionnaire qui, donnant les plus grandes espérances, annonçait par ses grâces, sa beauté, son esprit et ses connaissances déjà profondes, devoir être un jour une personne du premier mérite : jusque là, sa modestie l'avait, pour ainsi dire, soustraite à l'éclat dont elle devait infailliblement briller sur ce théâtre de narrations, où la mémoire jouait d'ailleurs le premier rôle. Notre Institutrice l'ayant donc fixée d'abord d'un regard caressant, lui fit entendre qu'on ne pouvait attendre de ses moyens que quelque grand trait d'histoire qui fût digne du plus haut intérêt... — Dans quelle partie du globe, dans quelle nation, à quel siècle désirez-vous, madame, que je puise ce trait d'histoire? demanda Valérie d'un ton modeste mais ferme : — Eh bien, reprit madame de Senneville, après avoir cherché quelques secondes, le Portugal, si fertile en grands événemens, en catastrophes immortelles, nous présente en traits de feu LE TREMBLEMENT DE TERRE DE LISBONNE, drame épouvantable, dont une capitale entière, Lisbonne, fit tous les frais funèbres!... Fort bien, répondit avec dignité, avec une noble fierté, Valérie, le tableau que j'ai vu dans LAPORTE, de cette grande calamité, est à jamais gravé dans mes esprits, et je suis prête à vous le retracer dans les mêmes termes que le voyageur français à qui je les emprunte.

Comme il ne s'agissait plus d'une historiette, l'aimable assemblée se recueillit, prêta la plus grande attention à ce discours annoncé, et que d'ailleurs nous intitulerons :

HISTOIRE, GÉOGRAPHIE DU PORTUGAL ; SES VICISSITUDES, SES PREMIERS ROIS ; ORIGINE DE SA CAPITALE. — PREMIER TREMBLEMENT DE TERRE DE LISBONNE EN 1531. — SECOND TREMBLEMENT DE TERRE EN 1755, etc., etc.

LE royaume de Portugal, que les anciens nommaient LUSITANIE, se mit à dire, en se levant, la belle Valérie, d'une voix forte et assurée, situé à l'occident de l'Espagne, a cent lieues de longueur sur environ trente de largeur. Il fut autrefois partagé en différens peuples, qui, sous divers noms, formaient autant de républiques dépendantes d'un gouverment général. Les Carthaginois en firent la conquête. Après eux, il passa sous la domination des Romains, et ne laissa pas de leur donner de l'inquiétude par son indocilité et ses révoltes. Ce ne fut que sous le règne d'Auguste qu'il fut entièrement soumis à ces maîtres du monde. Les *Alains* s'en emparèrent du temps de l'empereur Honorius ; les Suèves succédèrent aux Alains, et les Goths aux Suèves, lorsque le Portugal devint une province d'Espagne. Ces diverses vicissitudes, enfouies, pour ainsi dire, sous le poids des âges, nécessitent d'ailleurs de percer, à travers la nuit souvent impénétrable des temps, un rideau de plus de vingt siècles, que l'erreur et le doute ont encore épaissi.

En résumé, le Portugal tomba ensuite au pouvoir des Maures. *Alphonse VI*, roi de Castille, le reprit, et le donna, avec le titre de comté, à *Henri*, prince du sang de Bourgogne, de la famille de Hugues Capet. On croit que sous son règne la Lusitanie changea de nom, et prit celui de Portugal, de *Porto* et de *Cale*, deux villes qu'Henri fit rebâtir et réunir en une seule. Il est à remarquer que, lorsque ce nom s'étendit à tout le royaume, la nouvelle ville perdit la moitié du sien, et ne retint que celui de Porto, qu'elle a toujours conservé depuis.

Après la mort d'Henri, *Alphonse Henriquez*, son fils, lui succéda sous la régence de sa mère. Cette princesse épousa

LE COMTE DE TRANSTAMARE, d'une maison illustre.

Le royaume étant alors en proie aux troubles et aux divisions, envahi et saccagé par les Maures, Transtamare, humilié de leurs succès, les attaqua, et ayant remporté sur ces fougueux Arabes une victoire signalée, il fut proclamé roi par son armée sur le champ de bataille même, et c'est à compter de cette époque que le Portugal a fait un royaume particulier en Espagne. Ce n'était auparavant, comme je viens de le dire, qu'un comté relevant des rois de Castille ; mais il fut, peu de temps après, affranchi de cet hommage, en mémoire de la victoire d'Alphonse de Transtamare, et des drapeaux de *cinq rois* qu'il prit dans le combat ; ce prince, fier de son triomphe, mit *cinq écus* dans ses armes : ce sont encore aujourd'hui celles du Portugal...

Quant à l'ORDRE DU CHRIST, qui fut le plus auguste fleuron des saintes et royales armoiries, il fut fondé par Denis I, au commencement du quatrième siècle. Le roi et la plupart des seigneurs en sont décorés.

La plus belle institution humaine a ses abus. Plus d'un ignorant possède une riche bibliothèque qu'il n'ouvre jamais, et plus d'une fois enfin l'étoile des braves a gémi de se voir flétrie sur la poitrine d'un intrigant solliciteur qui n'a fait d'autres campagnes que près la garde-robe des princes ou dans les antichambres ministérielles...

Le roi communique volontiers ces honneurs, pour se débarrasser de ceux qui lui demandent des grâces. Il tire d'ailleurs de gros droits pour les provisions, sans même faire la dépense de la croix, qui est ordinairement fournie par le parrain. Les chevaliers la portent pendue au cou avec un ruban rouge, et une autre croix en broderie de soie sur leur habit. Denis leur donna les terres qui appartenaient aux Templiers, pour payer les pensions attachées aux dignités de l'ordre.

Ce fut aussi sous Alphonse IV, fils de

ce monarque, que vécut, dans le même siècle (quatorzième) cette célèbre *Inès de Castro*, dont les malheurs et la passion que conçut pour elle le prince don Pèdre, ont fourni au poëte La Motte le sujet d'une tragédie.

Un autre événement plein d'intérêt du règne de *Jean* I, fils naturel et l'un des successeurs de don Pèdre, est la découverte de l'île de Madère. Alphonse v, son petit-fils, institua l'ordre de l'Epée. Il avait entendu dire qu'une épée, que les Maures gardaient dans la ville de Fez, devait être la conquête d'un prince chrétien. Persuadé que cette gloire lui était réservée, il créa vingt-sept chevaliers, dont le nombre répondait aux années de son âge. Ce prince, qui s'était engagé dans une croisade contre les Infidèles, avait fait battreune monnaie à laquelle on donna le nom de *crusade*, pour être distribuée aux soldats qui servaient dans cette guerre.

Quant au règne d'Emmanuel, il fut appelé l'*âge d'or*, à cause des riches découvertes que firent les Portugais dans les Indes orientales, vers la fin du quinzième siècle et au commencement du suivant. Ce même prince chassa les Juifs de ses États; mais son fils Jean III, qui lui succéda, eut un plus grand reproche à se faire, ce fut d'y avoir établi ce tribunal d'intolérance et de sang, la terrible INQUISITION, dans ces temps d'ignorance et de barbarie, monstre caché dans l'ombre comme le sphinx, ayant une tête de femme, un dard de serpent, des griffes de tigre, une queue de dragon, l'œil ardent plein de feu et de fiel, imposant la douce religion avec des instrumens de tortures; au lieu de la parole simple de l'Évangile, proposant de ténébreux schismes énigmatiques, et n'éclairant ses victimes qu'à la flamme des bûchers! ...

Heureux progrès des idées religieuses!... Fénélon, Bossuet, vous avez rendu au culte divin sa clémence évangélique, et dans notre siècle de tolérance, l'homme égaré dans sa foi, revenu de son erreur aux clartés du repentir, peut enfin, sans y être provoqué par les terreurs de l'échafaud, se jeter au pied des vrais autels du christianisme!...

Mais ce qui rend ce règne fameux, s'écria Valérie avec une nouvelle énergie, et l'on peut dire immortel par une époque terrible, source épouvantable de désastres, c'est le premier TREMBLEMENT DE TERRE arrivé en 1531; ce phénomène destructeur renversa de fond en comble la ville de Lisbonne, et fit périr plus de trente mille habitans ensevelis sous les ruines de plus de deux mille maisons. Le roi, la reine, toute la cour sauvés à peine des débris de la capitale, cherchèrent un asile en pleine campagne, et passèrent plusieurs jours et plusieurs nuits sous des tentes grossières, à l'imitation d'un camp de Baskirs. Les eaux du Tage, enflées subitement par le refoulement de celles de la mer, inondèrent la moitié du royaume; et l'infortunée Lisbonne, submergée, ressemblait à un théâtre insulaire de ruines. Des pluies extraordinaires, des inondations terribles, la mer franchissant ses limites, des vapeurs empestées, des brouillards épais, des vents infects accompagnés de poussière, des bruits souterrains et aériens pareils à l'explosion d'une nombreuse artillerie; des sifflemens, des hurlemens même dans l'atmosphère, des météores de feu qui la parcouraient avec un fracas redoutable; des fleuves bouillonnant qui s'élevaient tout à coup, et retombaient avec précipitation; d'autres qui disparaissaient, revenaient quelques momens après, se perdaient de nouveau, et se montraient alternativement à plusieurs reprises; des rivières dont une partie remontait vers sa source, l'autre suivait son cours, et laissait un intervalle vide qu'on pouvait passer à pied sec; des lacs qui rendaient un son lugubre; quelques uns qui, sans aucune impulsion extérieure, s'élançaient subitement dans les terres; d'anciennes fontaines qu'on ne retrouva plus, et de nouvelles qui jaillirent en abondance; des portes qui s'ouvraient toutes seules, des cloches qui sonnaient d'elles-mêmes; d'immenses forêts déracinées; la masse énorme des montagnes ébranlée jusque dans ses fondemens, tombant sur des villages entiers, les écrasant de leur poids, les ensevelissant sous leurs ruines; des précipices comblés, des villes détruites, et remplacées par des étangs; des îles englouties, et d'autres qu'on vit pour la première fois sortir du sein des eaux; des hommes éperdus qui, ne sachant à quoi attribuer leur balancement, se croient frappés d'apoplexie; les animaux eux-mêmes consternés, toute la nature en alarmes....

Tel est l'effrayant tableau qui frappa d'épouvante les habitans du Portugal sous le règne de Jean III, vers le milieu du seizième siècle...

Cependant la coupe du malheur n'était point épuisée pour cette capitale: un second tremblement de terre la frappa avec plus de force encore en 1755; la mort parut s'y faire un sanglant plaisir de s'y multiplier sous mille formes diverses, et l'historien du premier désastre dut, pour exprimer le second, chercher de nouveaux pinceaux et de nouvelles couleurs.

Essayons, reprit la belle conteuse, après un moment de repos et de silence, ces grands traits tragiques que veulent les tombes de la nature :

Le premier de novembre 1755, à neuf heures et demie du matin, le ciel paraissant pur et sans nuages, on s'attendait à un beau jour, quand tout-à-coup un bruit affreux se fait entendre, et semble annoncer les plus grands malheurs! La terre tremble; l'effroi redouble; et déjà tous ces malheurs se réalisent!... Les secousses se succèdent; les édifices s'ébranlent; plusieurs maisons tombent, et d'autres sont balancées comme un vaisseau agité par les flots. Plusieurs habitans restent ensevelis; ceux qui fuient sont jetés les uns contre les autres, ou lancés contre les murs. Le craquement des charpentes, la chute des bâtimens, les bruits souterrains se mêlent aux lamentations. Les églises, les palais, les édifices publics, les maisons particulières, n'offrent plus qu'un monceau de ruines; tout est dans le trouble, la consternation, le désordre!... tout subit l'empire destructeur de la mort, et tous ces monstres de bitume et de feu qui s'élancent du sein déchiré de la terre, comme des gueules enflammées, menacent d'un trépas inévitable tout ce qui respire!...

Quel épouvantable fracas!... Les élémens réunis accablent les infortunés habitans. Les aquilons furieux s'échappent avec violence; les eaux sont soulevées avec force; des feux s'exhalent avec impétuosité; la terre ébranlée, lézardée de toutes parts, annonce un bouleversement général. La mer en courroux franchit ses bornes, sort de son lit, et semble vouloir engloutir tout le globe. Le fleuve du Tage se déborde, entraîne un peuple immense; les vaisseaux se heurtent, se brisent et périssent dans le port, et, sans que l'ancre ait été levée, sont déchirés en pièces comme par les coups d'une tempête éclatant, après une longue navigation, sur des rochers lointains.

La fureur des incendies, des flammes ondoyantes vient se mêler à la fougue des eaux débordées. La flamme dévore les bâtimens; le feu gagne de proche en proche, s'établit dans les ruines à l'aide funeste d'un orage permanent qui accompagne toutes ces secousses, et devient l'orchestre effroyable de ce drame épouvantable ?...

Déjà cette malheureuse capitale, poursuivit la narratrice avec feu et à la fois d'un ton grave, n'est plus qu'un vaste et énorme embrasement. Le plomb fondu coule de toutes parts, les toits enfoncent les planchers, renversent les murailles; les enfans, les vieillards, les malades sont étouffés dans leurs lits ou consumés par les flammes; et la ville entière, éprouvant tout ce que les élémens déchaînés peuvent causer de ravages, devient une scène de désolation, d'horreur, de mort et de destruction !...

Quel spectacle effrayant, par exemple,

de voir sortir des embouchures et des traverses de toutes les rues, des essaims de malheureux, qui, comme des spectres pâles, défigurés, les terreurs du trépas peintes sur le visage, courent en foule de tous côtés pour se sauver dans les places ou dans les champs; les uns couverts à demi de quelques lambeaux en désordre, d'autres presque nus; la pudeur de cette jeune beauté éplorée n'a point de voiles; ici l'amour de la vie l'emporte sur des considérations de second ordre. La flamme la poursuit de rue en rue, tel qu'un monstre ailé, et embrase les flots de sa blonde chevelure; ceux-ci traînent l'objet le plus cher de leur tendresse à moitié mourant, ou prêt à expirer; ceux-là peuvent à peine se traîner eux-mêmes; une foule éperdue d'êtres de tout âge, de tout sexe, de tout rang que l'adversité met tous au même niveau, cherchent, appellent d'une voix lamentable ceux qui leur inspirent encore un tendre intérêt, malgré l'intérêt si puissant de leur propre conservation. Le noble, le plébéien, le roturier, l'artisan, pour la première fois, égaux comme au cercueil, ont dépouillé chacun la morgue des distinctions et du privilége; point de stupide orgueil dans cette grande et terrible leçon: le péril menace sans égard pour les hochets des titres, et la mort, étendant ses crêpes funèbres, fait planer indistinctement sur tous les mortels sa faulx sanglante!...

Que d'épisodes affreux se pressent dans ma mémoire!... Ici une mère, là des enfans, plus loin des époux s'empressent mutuellement de se retrouver; de grosses larmes sont l'unique expression de leur désespoir, de leur tendresse. Tel, par l'effet de la peur, ne peut se soutenir, et manque d'appui pour rester debout; tel autre se laisse tomber, et semble, dans ses regards résignés, ne demander qu'un tombeau; tous enfin, par des cris touchans et de profonds soupirs, implorent le secours du Ciel, mais osent à peine l'espérer.

A ce passage, Valérie s'était arrêtée de

nouveau; elle continua par cette citation:

> Songeons bien que Dieu lit au fond de la pensée,
> Et que si la vertu s'en voit récompensée,
> Il veille sur le crime, et tient sur les pervers
> Son bras toujours levé, ses yeux toujours ouverts!...

Dans les premiers momens de cette terrible catastrophe, le peuple épouvanté se croyant plus en sûreté dans les églises, court s'y réfugier; mais les églises, les grands édifices sont ceux qui tombent avec plus de fracas; et les infortunés que la dévotion ou la crainte conduit dans ces saints asiles, sont écrasés sous leur chute.

Quoique la secousse fût universelle, elle se fit plus sentir dans certains quartiers que dans d'autres. Sa plus grande violence fut de l'hôtel de la Monnaie aux fourches patibulaires; de là montant vers la citadelle bâtie sur les *sept collines* qui partagent la ville de Lisbonne, citadelle qui d'ailleurs peut la foudroyer en cas de révolte, elle renversa cette forteresse de fond en comble, détruisit toute l'ancienne ville des Maures, et plus de soixante-dix des principales rues de la capitale. Celles qui avaient résisté au tremblement, ne furent pas à l'abri de l'incendie. Le feu dura plusieurs jours, et c'est peut-être ce qui éloigna le fléau de la peste, qu'on avait tant sujet de craindre, par la quantité de cadavres dont l'air était infecté. L'incommodité des logemens et l'intempérie de l'air occasionaient encore une infinité de maladies. Pour comble de malheurs, la ville paraissait menacée de la famine; et au milieu de cette affreuse désolation, la brutalité humaine déployait encore toutes ses fureurs. Une foule de matelots, de soldats et de nègres à qui cet événement ouvrait les prisons, se répandirent dans tous les quartiers, fouillant parmi les poudreux débris, entrant de force dans les maisons conservées, pillant, volant, massacrant : ce surcroît de désordre augmentait encore l'horreur et l'épouvante. Chaque jour les personnes riches recevaient des billets anonymes, par lesquels on menaçait de les brûler, si elles ne portaient, dans des lieux marqués, les sommes qu'on demandait. Des incendiaires profitaient de ces affreuses circonstances, pour venger d'anciennes injures. Ce fait atroce aurait peu de vraisemblance, pour peu qu'on réfléchisse que pour les plus grands scélérats même, il y a certains momens de crainte qui forcent la vengeance à se taire; cependant ces brigands prouvèrent bientôt le contraire, puisque ces monstres se firent avec ardeur les complices de tous les fléaux que je viens de décrire, pour assurer à leur cupidité ce criminel triomphe.

La désertion presque totale de Lisbonne fut la suite inévitable de cette effrayante catastrophe. Figurez-vous, mes chères compagnes, poursuivit Valérie avec chaleur, une population entière de 300,000 ames, égarée, fugitive, désespérée, errante dans les campagnes, sans but arrêté dans sa marche incertaine, sans objet qui la guide, si ce n'est le sentiment d'un désespoir tumultueux ! ...

Pénétrée de douleur, les yeux baignés de larmes, l'ame troublée par la crainte, le cœur serré de la perte de sa fortune, de ses proches, cette nation regarde encore de loin en soupirant, cette ville chérie et malheureuse, le bûcher et à la fois le tombeau de ses habitans; cette vue redouble ses pleurs, ses gémissemens, son trouble, son désespoir et sa fuite; et loin de porter des consolations, de ramener ce peuple égaré par la douleur, les autorités, par des idées de superstition alors peu discrètes, remplissent leurs discours de terreurs, augmentent les alarmes. D'autres répandent de fausses prophéties, en annonçant, d'un ton désespéré, la ruine entière de cette seconde *Ninive !....*

Dans cet état d'horrible confusion, la cour tremblante n'eut pendant huit jours que la campagne et des berlines pour modeste palais. Heureusement qu'elle était alors à *Belem*, résidence royale située près des rives du Tage, non loin de Lisbonne. Cependant, dans l'espace d'un mois, on sentit encore plus de trente secousses, ce qui empêchait l'exécution de tout projet de réédification de la ville; enfin on se détermina à conserver le premier emplacement, à réparer les églises, les hôtels, les maisons, autant que le nouvel alignement et le rétrécissement des rues pourraient le permettre.

Cette ville infortunée ne fut donc bien long-temps qu'un monceau de ruines, parmi lesquelles, en relevant les décombres, on avait ébauché des chemins et ouvert d'incommodes passages. On marchait sur l'ancien emplacement des maisons, à travers des débris, qui, à la réserve de quelques bâtimens élevés çà et là, comme des fantômes restés sans vie et debout, offraient partout le triste aspect d'une fortification sautée en l'air par l'effet d'une mine....

Hélas! les Lisbonniens n'ont que trop lieu de craindre dans tous les temps les coups secrets qui les ont déjà deux fois frappés !... Les vapeurs épaisses et onctueuses qui s'élèvent du Tage et des environs de leur capitale n'indiquent que trop que l'intérieur des terres est rempli de bitume, de vitriol et de nitre, dont l'activité continuelle est le ressort de ces tremblemens de terre périodiques; et lorsqu'on vient à faire la comparaison du dernier malheur qui abîma cette capitale en 1531 avec celui de 1755, qui l'a ravagée encore plus de deux siècles auparavant, les Portugais n'ont-ils pas dû y voir d'évidens présages de la seconde catastrophe?.....

Aussi, continua avec dignité la savante Valérie, sans paraître nullement altérée d'un discours aussi fort pour sa mémoire et son âge, le philosophe observateur ne peut concevoir la manie de certains peuples, de fixer leurs demeures sur des terrains fameux par leurs ruines.

Lima est trois fois renversé, et rétabli trois fois sur ses débris. La soif des richesses serait-elle donc plus chère aux hommes que l'attachement à la vie?....

Lisbonne a été deux fois détruite, et les Portugais l'ont reconstruite sur le même rivage !... Il semble qu'il faille à l'imagination déréglée de l'homme des volcans pour bâtir sur leurs gouffres des édifices éphémères ; soit en intérêts, soit dans toute autre spéculation, il recherche les obstacles, et le péril, tel que l'épine pour la rose, paraît le point qui ajoute le plus de prix à toutes ses conquêtes...

Séduits par l'amour de la patrie, les habitans de Lisbonne, dis-je, n'ont pu s'arracher d'une contrée où les fleurs et les fruits naissent sous les pas du voyageur ; mais si du passé on peut tirer de sinistres conjectures pour l'avenir, il est bien à craindre qu'après une certaine révolution d'années, et dans la même proportion séculaire, cette grande cité, qu'on a rebâtie au même lieu, n'éprouve encore les ravages qui l'ont plongée deux fois dans l'abîme.

Qu'on se représente, après cette peinture imparfaite, la consternation qu'une ville, qui menace d'ensevelir ses habitans, doit répandre de toutes parts, et combien il a fallu de présence d'esprit, de fermeté d'ame, de supériorité de génie pour trouver promptement des remèdes à tant de maux!... Les règlemens admirables que fit à cette époque Sa Majesté portugaise, sont une preuve éclatante de sa sagesse, de sa sensibilité, et de toute sa tendresse pour ses sujets. Le nombre prodigieux des blessés et des malades, dont la chute des maisons avait épargné la vie, ne présentait-il pas le spectacle le plus affligeant pour l'humanité?... Aussi le généreux monarque porta-t-il aussitôt ses regards et ses soins sur ces victimes intéressantes; ce prince alla jusqu'à réduire sa table pour pourvoir à leur nourriture; on réunit tout ce qu'on put trouver de remèdes, et les plus grands seigneurs assistaient à tous les traitemens. Chacun, comme à l'envi du souverain, exerçait les douces fonctions de l'hospitalité. La reine elle-même, et les augustes INFANTES travaillaient de leurs propres mains, soit à coudre du linge, soit à faire de la charpie pour les blessés; et toutes les dames de la cour, excitées par ces grands exemples, s'occupaient des mêmes travaux. Les autres secours de toute espèce furent aussi prompts qu'abondans, et l'on ne saurait trop répéter, en l'honneur de la mémoire du monarque portugais, que c'est à ses soins paternels, ainsi qu'à ceux de son auguste famille, qu'un grand nombre de sujets ont dû la vie.

Le premier mouvement de la libéralité de ce prince fut d'ouvrir ses coffres, et de répandre des aumônes avec une générosité égale à l'étendue des pertes qu'ont éprouvées les habitans et à la sensibilité de son cœur.

On distribua, dans les cuisines du palais, des alimens à un grand nombre de personnes qui, manquant de tout, venaient y chercher leur nourriture. Parmi ces infortunés, on voyait des gens qualifiés qu'un moment avait fait passer du sein de l'opulence à la plus humiliante disette; mais l'ordre fut tellement observé, que les pauvres eurent de quoi satisfaire à leurs besoins, sans autre protection que leur indigence. On fit défense de vider les magasins de bled qui étaient dans le voisinage de Lisbonne, jusqu'à ce que l'abondance fût ramenée dans cette ville; et le commerce de toutes les choses de première nécessité fut encouragé par des récompenses.

Un des plus pressans besoins n'était-il pas de loger un peuple nombreux qui n'avait plus d'asile? On fit apporter des tentes militaires renfermées dans les arsenaux des places les plus voisines. Les planches et le bois propre à bâtir furent affranchis de tous droits; on défendit d'augmenter le prix des loyers dans les maisons qui subsistaient encore, et l'on employa tous les matériaux de celles qui n'existaient plus. On fit apporter une grande quantité de paille et de foin, pour suppléer au défaut de baraques, et pour servir de lits aux pauvres, que l'humidité de la terre pouvait incommoder.

Ce jour terrible (le 1er NOVEMBRE 1755), ce jour de calamité et d'horreur, fut cependant l'époque la plus glorieuse du ministère de M. de Carvalho, comte d'Oeiras, et MARQUIS DE POMBAL. Lui seul, dans ce désespoir général, ne perd point courage, et conserve toute sa présence d'esprit. Ce ministre ne prend aucun repos; et n'ayant pour demeure, pour lit, pour bureau et pour table que la voiture qui le transporte d'un bout de Lisbonne à l'autre, nuit et jour et à chaque instant il parcourt tous les quartiers de cette capitale. Sa présence console les malheureux, dissipe la crainte, fait renaître l'espérance. Par ses ordres on éteint le feu, on enterre les cadavres, on les brûle dans la chaux, ou on les porte à la mer; douze bataillons forment un camp, d'où l'on détache des patrouilles contre les brigands qui, le terrible TRANSTAMARE à leur tête, pillent, assassinent, et, soutenant avec avantage le choc des troupes royales, se retirent dans leur caverne mystérieuse, gorgés d'un butin sanglant, arrosé des pleurs de cent victimes qui tendent en vain leurs mains défaillantes, et portent leurs regards faméliques vers leurs infâmes spoliateurs.

Cependant le héros de l'humanité, Pombal, au milieu de ces crises de toute nature, oppose la valeur qu'inspire l'amour du bien public, à la criminelle valeur du brigandage; sur ces ruines mêmes de colonnes brisées, de palais détruits, de temples renversés que le vitriol, le nitre et le soufre ont noircis de leurs flammes volcaniques, Pombal, superbe, dans la fleur de l'âge, encore plus beau par le triple éclat de son courage, de ses talens et de ses vertus, fait dresser de nombreux gibets que, comme par une volonté divine, les foudres des nouvelles secousses du tremblement de terre épargnent; affrontant tous les périls, il voit à la fois le danger et le remède. La tête de Transtamare doit être, se dit-il, la digne conquête de Thémis!...

Mais, hélas! que d'infortunés tombent sous ses poignards, avant qu'il ne monte à l'échafaud!....

L'intéressante Valérie s'était arrêtée à cet endroit, mais non sans faire éprouver le plus vif désir de l'entendre terminer ces curieux fragmens d'histoire. Après quelques heures de repos et de récréation, elle le fit de cette manière que nous dirons :

SUITE de la Description du Désastre de Lisbonne. — LES TROIS FRÈRES JUMEAUX : Ce qu'était le Marquis de POMBAL.

« L'ambition criminelle, attirée par une lueur trompeuse, se précipite, en aveugle, sur une foule d'erreurs et de forfaits; la passion de la vengeance surtout nous promet des plaisirs, et ne nous laisse que des regrets. Les années instruisent l'homme; il se détrompe en vieillissant; mais dès qu'il a trouvé l'art de vivre et le trésor du repentir, les portes du tombeau s'ouvrent..... »

YOUNG.

L'EFFRAYANT théâtre que nous allons explorer, reprit Valérie, va nous offrir long-temps le spectacle de deux puissans antagonistes qui, rivaux par l'ambition, rivaux par les armes, déploient, l'un, TRANSTAMARE, personnage d'ailleurs d'une haute naissance, qui se rendit, dans ces temps, si célèbre en Portugal, par sa valeur et ses crimes, tout ce que peut l'audace d'un grand scélérat; le second, POMBAL, toutes les ressources d'un homme d'État inspiré par la double énergie du talent et de la vertu. Pour comble d'infortune, non-seulement ce Transtamare seul est terrible, mais encore il faut que la nature, ou plutôt le sein de l'enfer, lui ait donné deux frères jumeaux, en tout semblables à lui, sinon par les moyens et la capacité, du moins par les sentimens de perfidie, de cruauté et d'audace.

Mais avant de consacrer entièrement mes narrations à leurs ingénieux forfaits, achevons de faire éclore sur les ruines de Lisbonne l'astre radieux et régénérateur du génie actif de Pombal.

Industrieux dans les moyens de faire

renaître l'espérance et la vie des abîmes mêmes de la destruction, ce bienfaisant ministre, là, occupe une quantité d'hommes à fouiller dans les ruines, à fin d'en tirer les effets les plus précieux; ici, d'autres sont préposés pour les recevoir, et pour qu'ils ne soient pas troublés dans leur travail par une populace curieuse ou avide, huit régimens sont continuellement occupés à l'écarter. Quel mélange hideux frappe les regards dans toutes ces recherches!.... Parmi ces riches parures de bal, ces bijoux brillans, ces colliers de pierreries, ces bracelets de perles, sont entremêlés des membres sanglans que la foudre élancée des entrailles de la terre a dispersés; la tête d'une jeune beauté est trouvée confondue avec des lambeaux infects, et son corps a eu pour sépulture les ondes courroucées d'un nouveau fleuve!...

Les travailleurs à chaque pas surpris, frappés d'étonnement, contemplent la mort sous mille formes différentes. Dans ce salon somptueux descendu dans les caveaux de l'hôtel sans se briser, une famille entière y présenterait la vie, si ce n'était le morne silence qui y règne. De jeunes et belles portugaises, toutes parées pour aller au temple, se préparaient à accompagner à l'église une fête nuptiale; les deux époux, d'abord brillans de jeunesse et de parure, frappés soudain d'un coup de foudre épouvantable, avaient donc passé subitement des autels d'Hymenée dans les bras du trépas!... Dans cette alcôve jadis fortunée, un enfant semblait y sommeiller dans son berceau: l'avare, gisant près de son coffre-fort, en expirant de faim, avait reconnu pour la première fois l'inutilité de son infâme avarice; dans le désordre des appartemens voisins un forté-piano servait comme de cercueil à un vieillard que la secousse du tremblement de terre y avait étendu; et une jeune beauté, dans le négligé le plus riche, *mêlée*, pour ainsi dire, avec sa harpe, demi-nue, frappée par la chute d'une colonne, témoignait par tous ces douloureux détails, et quels furent son rang, ses avantages dans le monde, et quelle avait été la rapidité de ses malheurs et de son néant!!...

Ainsi, partout, partout, chez l'opulent, chez le pauvre, dans d'indigens ou de riches décombres, la mort se déployait, ou sous les lambris du faste, ou sous les lambeaux de la misère!.... Ce vaste tombeau de plus de trente mille ames offrait à chaque pas d'horribles, de curieux épisodes, où la faim, les flots, le bitume et l'asphyxie avaient frappé en mille sens divers; et pour comble de désespoir, le tiers de cette population ensevelie eût vécu, s'il eût été possible de lui porter de prompts secours, en pratiquant aussitôt des issues à ces prisons souterraines.

Enfin, toute la nature en deuil commence à soulever sa tête livide et languissante; des subsistances arrivent des provinces par la mer, et éloignent la famine. Partout les boutiques et les magasins sont ouverts; et si, en général, les denrées se vendent un peu plus cher, le prix n'en est cependant pas exorbitant par les sages réglemens qui en fixent la valeur. On substitue aux églises détruites des lieux propres au service divin; on crée un tribunal pour les affaires urgentes, et principalement celles qui regardent le commerce maritime et le départ des vaisseaux. Une commission d'agens secrets est spécialement chargée de poursuivre par la force armée et tous les moyens possibles la bande meurtrière des brigands des TROIS FRÈRES JUMEAUX. En moins de huit jours il paraît trois cents ordonnances sur les précautions à prendre, les malheurs à éviter, les pertes à réparer; enfin, le marquis de Pombal, par son exemple, sa fermeté et sa prévoyance, retient le peuple de Lisbonne prêt à abandonner une ville où ses soins ont ramené l'espoir et l'abondance, en y maintenant l'ordre et la police. Un seul fléau caché dans les entrailles de la terre, semble indestructible, le brigandage des trois Transtamare; il frappe le jour à masque levé, comme la nuit dans l'épaisseur des ténèbres : à chaque attentat il détruit l'ouvrage de l'homme vertueux ; les jeunes filles timides soudain sont enlevées par d'infâmes ravisseurs ; les caisses publiques dépouillées ; la cour même, entourée de ses gardes, craint, redoute un ennemi invisible qui frappe en tous lieux, et ne peut être atteint sur aucun point.

Cette nouvelle calamité aurait porté le découragement, le désespoir dans l'esprit des Portugais, et même dans l'ame du grand Pombal, si quelque revers avait jamais pu l'abattre. L'œuvre de sa gloire n'était-elle pas trop avancée, pour qu'il se laissât frapper d'un honteux accablement?...

Quel début dans son ministère !... quel triomphe !... La fondation d'un nouvel empire pouvait-elle être aussi glorieuse que la conservation d'un royaume dont les plaies subites et multipliées demandent les plus prompts remèdes? Aussi cet homme rare a-t-il joui à la fois, et dans un âge très-avancé, de la plus grande gloire que puisse acquérir un particulier, et de la plus grande autorité qu'un souverain puisse confier à un sujet.

Né à Coïmbre en 1699, d'une famille noble, JOSEPH-SÉBASTIEN CARVALHO, marquis de Pombal, fut élevé dans cette université, et s'y distingua par un esprit supérieur et de bonnes études. Il prit d'abord le parti des armes, et tout annonçait qu'il était fait pour y réussir, étant doué d'une taille haute et avantageuse, d'une force extraordinaire, d'un air noble, d'une physionomie imposante et d'une très-belle figure. Cependant, malgré tous ces avantages, le jeune militaire quitta le service pour suivre la route des négociations. Il avait épousé une demoiselle de l'illustre maison d'*Aveiras*; ce mariage, qui ne fut point approuvé des parens de sa femme, est ce qui contribua le plus à lui faire embrasser un nouvel état. Il fut envoyé à Vienne en qualité de sécrétaire d'ambassade. Devenu veuf, et nommé ensuite ambassadeur dans cette même cour, il épousa la nièce du maréchal Daun. Ses talens supérieurs se développèrent dans sa nouvelle place, et ses dépêches firent l'admiration du conseil de Lisbonne. On sentit de quelle utilité pouvait être dans le ministère un homme de son génie; et malgré les cris de l'envie, qui craint toujours l'approche du mérite, il fut rappelé en Portugal.

Placé dans le conseil, dont il était l'oracle, il en fut bientôt le chef, et dès qu'il vit dans ses mains les rênes du gouvernement, il ne craignit point, pour le rendre plus absolu, de s'exposer au ressentiment de ce qu'il y avait de plus grand dans le royaume. Uniquement occupé d'accroître l'autorité de son maître, il subjugua tous les esprits, vainquit tous les obstacles, fit trembler les plus braves, et plier les plus fiers. Son génie universel embrasse toutes les parties de l'Etat, attaque tous les abus, découvre tous les maux, et connaît les moyens de les guérir. Prévoyant tout, ne négligeant rien, il joint aux vues promptes et étendues la science des détails, également doué de ce génie puissant qui crée les entreprises, et de ce courage ardent qui les exécute. Il est le premier qui ait conçu l'espérance de délivrer sa nation du joug des Anglais, relativement au commerce, et ait montré autant d'assiduité que de zèle à jeter les fondemens solides et durables de cette noble indépendance.

Ce n'est point assez pour lui d'être un grand homme d'État, il a encore la facilité d'écrire sur toutes sortes de matières. Plusieurs ouvrages qui ont paru à Lisbonne, sur l'éducation, sur les mœurs et l'agriculture, sont sortis de sa plume. Nul Portugais ne fût plus instruit, plus capable de grandes choses, plus versé dans la politique, plus éloquent dans ses discours, plus fleuri dans sa conversation, plus doux dans le particulier, plus chéri de son roi, plus aimé du peuple, plus haï des grands, plus redouté de ses ennemis, plus poli envers les étrangers, plus ami des lettres, qu'il protégea par inclination et cultiva par goût. Il sut de bonne heure qu'elles font la gloire d'une nation, et que cette gloire est un avantage réel, quoique l'utilité ne s'en fasse pas toujours sentir au vulgaire.

Persuadé que, dans ces grandes circonstances, toujours placé en quelque sorte sous l'épée de Damoclès, sous le stylet des Transtamare, la conservation de l'Etat dépend en quelque sorte de celle de sa personne, le marquis de Pombal eut pour sa sûreté une compagnie de quarante gardes à cheval, qui le suivent partout l'épée nue, tandis que le roi marche souvent sans escorte, ou n'a, pour sa garde ordinaire, qu'un détachement de la garnison.

Mais après ce portrait de notre héros, dit Valérie, tracé d'après LE VOYAGEUR FRANÇAIS LA PORTE lui-même, il est temps de revenir au malheur de Lisbonne.

On n'a pas su au juste le nombre des personnes qui ont péri dans ce désastre. On a cru long-temps que cette ville contenait cinq cent mille habitans; mais en 1748, un Anglais osa parier qu'on n'y en trouverait pas seulement trois cent mille. On a toujours été persuadé que la cour de Londres avait part à la gageure, et que la curiosité de ce particulier n'était qu'un prétexte politique. Quoi qu'il en soit, ce pari, qui était très-considérable, fournit les moyens de faire un dénombrement exact, maison par maison; et il ne s'y trouva pas, même en y comprenant les étrangers, plus de deux cent quatre-vingt mille habitans. Mais comme le gouvernement ne prit point connaissance de cette recherche, elle fut comme non avenue pour l'état politique; et l'erreur populaire existe toujours.

Il n'était donc pas possible de savoir le nombre de ceux qui avaient péri dans le tremblement de terre, à moins que le ministère n'obligeât chaque particulier de donner une liste des morts qui lui appartenaient; mais la prudence ne s'opposait-elle pas à cette déclaration?... Le Portugal étant, dès cette époque, un royaume trèsdépeuplé, cette nouvelle diminution de sujets pouvait fournir aux puissances voisines l'occasion de former quelque entreprise. Il étoit donc de l'intérêt de l'Etat de cacher le nombre des hommes qu'il venait de perdre, mais on croit asssez généralement qu'il se montait à près de quarante mille.

La plus grande mortalité était dans les églises, dont les voûtes, en s'écroulant, écrasèrent ceux qui y faisaient leurs prières. Ce n'était heureusement pas encore le temps des grand'messes; circonstance qui a conservé beaucoup de monde, et l'on a remarqué que, par une autre circonstance, le fort de ce fléau était tombé sur le petit peuple; car c'est un usage établi en Portugal, que les personnes un peu à leur aise aient une chapelle dans leurs maisons, où des voisins d'un certain ordre vont entendre la messe.

Enfin, il se trouva, par une dernière et heureuse circonstance, que beaucoup de personnes étaient alors à la campagne, parce que la saison du mois de novembre répondant ici à celle de notre mois de mai, les familles riches jouissent, éloignées de la ville, des douceurs d'un second printemps.

Cependant si le nombre des hommes qui périrent fut moins grand qu'un pareil désastre ne semblait le faire craindre, celui des édifices fut aussi plus considérable qu'on ne devait s'y attendre. De vingt mille maisons qui composaient cette capitale, à peine en resta-t-il le quart qu'on put habiter; car, quoiqu'elles n'eussent pas été abattues, leurs fondemens étant ébranlés, le moindre mouvement pouvait les renverser.

L'alarme et l'épouvante s'étaient si fort répandues parmi les habitans, qu'ils détruisaient eux-mêmes le dessus des maisons, pour n'être pas écrasés sous leurs ruines. On compte trente-deux paroisses, outre la cathédrale; soixante petites églises, outre celle du patriarche; cinquante-trois palais, outre celui du roi; et neuf édifices publics, parmi lesquels était une des plus belles salles de spectacle de l'Europe; trente couvens d'hommes, et vingt et un de filles, entièrement abattus, ou considérablement endommagés.

On évalua ces pertes à deux cent millions; celle des maisons particulières à sept cents; celle des meubles incendiés à douze cents; celle des vases sacrés, ornemens, statues, tableaux, etc., à trente-deux millions. A l'égard de l'argent monnayé, en outre des richesses du trésor public, de la fortune des particuliers, il y avait néanmoins à Lisbonne un nombre infini de Brésiliens, dont les valeurs en or étaient extrêmement considérables. Tous ces trésors furent ensevelis dans la terre ou engloutis dans les flammes. La caisse de la douane, le trésor du roi, celui des dépenses extraordinaires eurent le même sort, et l'on fit monter à plus de quatre-vingt millions la perte des diamans, tant de la couronne que des dames portugaises: la Reine et les princesses ne conservèrent que ceux qui se trouvèrent alors sur elles. Les rues des orfèvres et des metteurs en œuvre furent celles qui souffrirent le plus et du tremblement et de l'incendie. Deux cents boutiques pleines de pierreries et de bijoux furent ensevelies sous les ruines ou consumées par les flammes. Les historiens affirment que le total de ce qu'ont perdu les étrangers, en argent ou en marchandises, passa deux cents quarante millions, savoir : l'Angleterre, cent soixante ; Hambourg, quarante ; l'Italie, vingt-cinq ; la Hollande, dix ; la France, quatre ; la Suède, trois ; l'Allemagne, deux, etc.

On voit, par ce détail, que ce sont les Anglais et les Hambourgeois qui ont le plus souffert, parce qu'en effet ils font à Lisbonne le plus grand commerce ; les Français se bornent à la commission. On peut bien en conclure de suite que cet événement funeste a produit des effets divers parmi tous les négocians. Ceux qui étaient sur le point de faire banqueroute, ayant perdu leurs livres, se trouvèrent tout d'un coup débarrassés de leurs dettes. D'autres, qui avaient toutes leurs richesses dans leurs papiers, se virent en un moment réduits à la plus affreuse misère. Aussi dans les différentes relations qu'ils envoyèrent à leurs correspondans, ils étaient tous guidés par des vues particulières. Les uns, voulant conserver leur crédit, n'eurent garde d'effrayer ceux qui leur avaient confié leur bien. Les autres grossirent le mal, pour faire entrer plus généreusement leurs créanciers dans cette perte. D'ailleurs l'abattement, la douleur, la crainte, le désespoir, la licence, la confusion, et surtout, surtout!... calamité plus affreuse que toutes les autres réunies ensemble!.... le BRIGANDAGE sacrilége des TROIS FRÈRES JUMEAUX, monstres vomis par l'enfer, parmi les torrens de bitume et de vitriol, n'écartait-il pas tous les objets qui pouvaient offrir quelque lueur de consolation, pour n'arrêter les regards, la douleur et les regrets que sur les attentats nocturnes de ce Transtamare, qui achevait de briser, par ses armes et ses crimes, ce que les volcans caverneux avaient épargné???...

Or, qu'y a-t-il, dans les annales de l'univers entier, de plus effrayant qu'un royaume totalement bouleversé, une capitale couverte de ses débris, des milliers de maisons incendiées, un peuple entier en proie aux flammes, quarante mille personnes frappées de mort, la fortune de trois cent mille sujets détruite, et une perte de plus de deux milliards?...

Le premier tableau que j'ai tracé, continue Valérie, nous a montré le Portugal se donnant un nom et une capitale monarchiques sous *Alphonse VI*, roi de Castille; *Henriquez* son fils lui succéder sous la régence de sa mère, et cette dernière princesse épouser LE COMTE ALPHONSE DE TRANSTAMARE, vainqueur des Maures au quatorzième siècle, le fondateur, le *Numa* de Lisbonne, orner l'écusson des armes du royaume d'emblèmes d'autant plus flatteurs, qu'ils rappellent sans cesse et les victoires et la gloire de la nation, affranchie en outre par sa valeur d'un servile hommage à la cour d'Espagne, établissons maintenant sur ces fondemens dynastiques les droits à la couronne du Portugal que revendiquent, au dix-huitième siècle, NOS TROIS FRÈRES JUMEAUX, LES COMTES DE TRANSTAMARE, qui fondant leurs prétentions au sceptre portugais sur les titres de la ligne masculine, et de leur arbre généalogique dont les racines poussent d'antiques rameaux dans la branche de cet *Alphonse de Transtamare*, libérateur de sa patrie, cherchent désormais par tous les moyens possibles, à la faveur de ces droits spécieux, à remonter sur ce trône, et choisissent le moment, opportun pour leurs brigues, où la capitale en débris, éplorée, bien loin de pouvoir supporter le nouveau fléau d'un usurpateur, au contraire porte ses yeux baignés de larmes vers les généreux et compatissans ministres qui peuvent encore la relever de ses ruines.

POMBAL! ici l'humanité te sourit; la bienfaisance te couronne ; une divinité tutélaire t'inspire, t'électrise dans tes héroïques efforts, et l'amour, la gloire, tout ton siècle te tressent à la fois des myrthes, des lauriers, tandis que Lisbonne te prépare une statue dont l'airain éternisera tes vertus, ainsi que ses malheurs !

Ainsi donc, à peine les cendres d'un des ports les plus riches de l'Océan sont-elles tièdes, à peine, dis-je, les habitans pâles, décharnés, sous le triple joug du deuil, de la faim et des plus cuisans souvenirs, commencent-ils à se traîner lentement sur les parties angulaires des décombres, que nos héros, LES TROIS TRANSTAMARE, l'aîné, *don Antonio*, à leur tête, reproduisent par leurs brigandages un désastre d'autant plus affreux, qu'ici il est l'œuvre forcenée de compatriotes, dont le rang élevé aurait dû être au contraire un appui précieux dans de semblables circonstances. D'abord, aussitôt que le palais du roi, inondé d'un torrent de flammes volcaniques, s'est écroulé dans ses fastueux fondemens, don Antonio

Transtamare, loin de se laisser intimider par cet horrible fracas, court, à travers le feu, sur un sol chancelant, enveloppé de nuages de feu, marchant sur une brûlante poussière, vers les appartemens du souverain : il a préalablement brisé les portes des bagnes, des galères, des prisons où un ramas de tout ce que l'univers peut réunir d'impur subissait, sous le poids des chaînes, la peine due à leurs scélératesses.

A leur course vagabonde, aux torches sanglantes qu'ils agitent, à leurs vêtemens, à leurs fers ignominieux à demi-brisés, à leurs bonnets verts, livrée de l'infamie, mais surtout à leurs armes terribles et ensanglantées, vous eussiez cru voir les diables du Ténare, lorsqu'ils immolent des victimes à leurs dieux infernaux.

L'infâme Transtamare, après avoir fait enfoncer à coups de hache les portes des bagnes, que le tremblement de terre avait épargnés, et délivré une quantité de ces bandits, sauf quelques centaines de malfaiteurs écrasés sous la chute des épaisses murailles de leurs cachots, vole vers le palais du roi. Il n'ignore pas, bien informé par ses complices, où sont les trésors du monarque, son garde-meuble, dans quel triple coffre de fer sont déposés les diamans de la couronne, les habits royaux, le manteau de pourpre, la main de justice, le sceptre, LA COURONNE ELLE-MÊME!...

Ainsi la couronne, cet emblème auguste de la royauté, dont les lois et l'amour seul des peuples décorent le front d'un monarque légitime, Transtamare, sur l'édifice léger et imposteur de son origine, brûle de la posséder. Suivi de son étrange escorte, affrontant tous les périls, familier d'ailleurs avec toutes les particularités du palais, pour les avoir souvent pratiquées lors des fêtes ou cérémonies de la cour, en sa qualité d'un des plus puissans personnages du royaume, Antonio est bientôt, malgré le craquement des solives et des parquets, au réduit le plus secret du souverain; et dans cet asile mystérieux où repose sous tant de clefs le diadème du Portugal.....

Fougueux, lui-même armé d'un levier et d'une hache, il porte les premiers coups sur une quadruple porte de fer; les ténèbres qui l'environnent, la foudre qui éclaire cette scène de destruction, d'impiété et d'horreur, le crime de lèse-majesté qu'il est sur le point de commettre, rien n'arrête ses fureurs ambitieuses... Antonio enfin, favorisé par une affreuse secousse, voit se briser sous ses yeux les gonds et les derniers obstacles qui s'opposaient à sa cupidité; les portes tombent avec un épouvantable fracas, et la COURONNE DU PORTUGAL, avec tous ses attributs et d'immenses richesses en pierreries, se présente à ses regards, en les éblouissant du déluge de lumières qu'elle jette.....

Transtamare, loin d'être intimidé, y porte une main sacrilége, et posant lui-même le diadème sur sa tête: « *Reconnaissez*, s'écrie-t-il, *votre légitime monarque; c'est au sang des Transtamare à régner ; ce sang glorieux coula sur les champs de bataille pour la gloire et la liberté du royaume, et ce même sang coule encore dans mes veines ; rappelez-vous, Portugais, que mes ancêtres vainquirent dans un combat* CINQ ROIS IDOLATRES, *et qu'à ma dynastie fut réservé l'honneur de vous délivrer du joug castillan ! ! !* »

A ce discours impudent, mais éloquemment improvisé, ses deux frères, *Ladislas* et *Casimir*, se prosternant à genoux, se mirent à crier : *Viva el rey !*... La troupe des brigands, qui formaient sa digne cour, ainsi qu'une nombreuse populace toujours avide de nouveaux maîtres, lorsque surtout ils font espérer le désordre et le pillage, firent également retentir les airs de leurs cris profanateurs et irréligieux, et Transtamare, s'enveloppant dans les vastes draperies du manteau de pourpre, acheva d'imposer les faux prestiges de sa puissance. Cependant, en cet instant même, il se fit dans les airs une nouvelle détonation si terrible, accompagnée de si violens coups de tonnerre, que toute cette troupe de scélérats et leur chef se crurent abîmés sous les décombres du palais. Transtamare, en habile politique, ne l'interpréta que comme un présage favorable qui prouvait évidemment que le Ciel applaudissait à son élection.

Notre audacieux conspirateur, Antonio, continua Valérie, après avoir pris quelques instans de repos et de recueillement avec ses jeunes compagnes, ne négligeant donc pas dans ses ambitieux desseins une occasion si favorable de s'établir dans une sorte de caverne, ouvrage ténébreux du tremblement de terre, doublement propice à la sûreté de sa bande et à ses attentats, après son étrange couronnement, donna ordre à toute sa troupe de le suivre, et, la guidant vers un amphithéâtre nommé *Roussio*, bivouaqua sur cette place jusqu'à la nuit entièrement close. Ne lui importait-il pas infiniment de cacher sa marche à tous les regards, et de s'ensevelir, pour ainsi dire, dans les entrailles de la terre ; afin de mieux dérober ses forces, sa marche, ses ruses à l'ennemi le plus habile, le plus puissant, le valeureux, le vertueux POMBAL, toujours implacable contre le crime, telles formes qu'il revêtît ; POMBAL, la terreur des brigands, pour qui il ne cessait de faire dresser de nombreux échafauds ! ! !

Toute la troupe, au nombre de plus de douze cents criminels de toutes les nations, ayant été répartie par les chefs secondaires dans les divers quartiers qui leur étaient le plus convenables, Casimir, chargé des soins administratifs de la caverne, assigna les lieux où seraient le magasin à poudre, le trésor, les vivres, les salles à manger, les appartemens du *roi*, son *auguste* frère, et jusqu'à la prison, car sans ordre, ni code pénal, ni discipline, les forfaits mêmes ne peuvent se gouverner...

C'est beaucoup sans doute pour l'audacieux Transtamare d'avoir, en si peu de temps, dérobé la couronne, et organisé, sur le théâtre des ruines de la capitale, une force imposante, redoutable, capable d'inquiéter puissamment le monarque légitime, et de faire d'autant plus de progrès que le butin du pillage est la récompense qui corrompt le plus facilement la populace. Mais POMBAL n'est-il pas sans cesse à cheval, portant ses forces et ses secours contre les brigands?... Ne les combat-il pas lui-même, sans jamais craindre ni leur nombre ni leur audace?...

Hélas! ici encore, la cloche malencontreuse se fit entendre; il fallut interrompre la curieuse narration historique, ou plutôt comme Valérie devait quitter le lendemain le pensionnat pour aller passer quelques jours chez ses parens, madame de Senneville l'invita à résumer son récit, ce qu'elle fit aussitôt avec autant d'esprit que de concision. — Je ne vous affligerai plus, mes bonnes amies, conclut-elle, par de nouvelles peintures effrayantes; bornons-nous à dire que ce terrible, cet ambitieux Transtamare finit par expier, avec ses frères, sa bande, tous ses crimes: sa tête tomba sur l'échafaud; tandis que le vertueux Pombal, le sauveur de Lisbonne, se vit élever des autels et des statues dans tout le Portugal. On voit encore la sienne à Lisbonne, montrer à l'Europe comment on récompense un minstre vertueux et habile!

Le récit de ces fragmens d'histoire avait atteint parfaitement leur but, c'est-à-dire qu'il avait excité autant d'émotion que d'intérêt.

Nos jeunes personnes, encore remplies d'effroi, se représentaient le sort épouvantable d'une capitale entière engloutie, mutilée, sous mille tombes brûlantes : par un retour de camparaison sur elles-mêmes, elles se disaient combien de maisons d'éducation, d'intéressantes pensionnaires auront été la proie de l'horrible fléau! Et elles ne pouvaient s'empêcher, dans ces réflexions, de bénir le Ciel qui, brillant de sérénité, du plus bel azur, ce jour-là, était bien loin de les menacer d'une mort aussi terrible.

Quant à la savante Valérie, elle fut embrassée à la ronde, et l'une de ses compagnes, ayant tressé à la hâte une couronne de roses et d'immortelles, son amie intime, Euphrosine, la lui posa sur la tête, comme prix d'éloquence et de talent; en effet, par sa mémoire vraiment prodigieuse, son éloquence, elle avait surpassé tout ce qui l'avait précédé. Ce n'avait plus été ici une anecdote frivole, mais un morceau profond, aussi intéressant qu'instructif.

La modeste Valérie ne put supporter long-temps le poids et l'orgueil de cette couronne, qu'elle s'empressa de partager entre ses compagnes, en en brisant les liens; et enfin, au son d'une cloche toujours importune, incivile, on retourna lentement au réfectoire, puis le soir, au dortoir, où, certes, plus d'une de nos pensionnaires, dans un sommeil agité, rêva du TREMBLEMENT DE TERRE, et crut entendre encore les épouvantables explosions!

SIXIÈME CONVERSATION.

Exhortations. — Cérémonie solennelle de LA DISTRIBUTION DES PRIX; Programme de cette fête annuelle. — Décors de la Salle. — Discours de l'Institutrice et du Curé de la Paroisse : grand prix, couronnes, scènes touchantes, fanfares, surprise, concert, festin et bal.

Le libre épanchement de l'esprit et du cœur,
Voilà des entretiens la première douceur.

LES trois fêtes s'étaient donc écoulées au sein des RÉCRÉATIONS, au sein des CAUSERIES instructives et amusantes dont madame de Senneville avait l'art de multiplier les agrémens par la variété de sa MORALE EN SOUVENIRS. La corbeille des prix avait été épuisée au fur et à mesure des maximes amplifiées par des CONTES analogues. Une nouvelle pensionnaire venait-elle à augmenter le petit sénat causeur, on la fêtait, chacune de nos héroïnes s'offrait pour être son amie; on l'initiait par le chemin des douces affections à ses études, et tout son travail se trouvait en quelque sorte couvert des fleurs de l'amitié. Au contraire, une de nos intéressantes adeptes venait-elle à quitter le pensionnat pour entrer dans le monde, pour retourner vers ses parens, notre sage Institutrice exigeait d'elle, par des sermens prononcés dans l'ermitage, au milieu de la petite junte assemblée, « qu'elle composerait un JOUR-« NAL fidèle de ses observations sur la so-« ciété, ses avantages et ses piéges; qu'elle « y avouerait sincèrement ses fautes, ses « erreurs, de même qu'elle enseignerait « à ses compagnes le moyen d'éviter ces « dangereux écueils de la jeunesse qui a « l'imprudence de se livrer aveuglément « au premier torrent des plaisirs. »

De cette manière et par cet arrangement aussi ingénieux que digne d'éloges, la comtesse de Senneville avait l'habileté de joindre ici des exemples de pratique à des leçons de théorie. C'était en quelque sorte une scène vivante de tout ce qui se passe dans le monde pour les jeunes personnes, et le double avantage, l'avantage mutuel résultait sans cesse de ces communications épistolaires; car si nos demoiselles, dans le Pensionnat, apprenaient d'avance par leurs bonnes amies comment on conserve sa réputation, comment on évite les catastrophes causées par l'inconduite, nos demoiselles, entrées dans le monde, recevaient à leur tour, de leur chère Institutrice, maintes instructions qui éclairaient leurs premiers pas, et les raffermissaient sans cesse dans le chemin de la sagesse. D'ailleurs, en outre de ces instructions qui s'étendaient sur maints points divers, madame de Senneville recommandait sur toutes choses à ses jeunes élèves, lorsqu'elles les remettaient pour la dernière fois à leurs familles, de fréquenter souvent les églises, afin d'entretenir continuellement dans leur ame ce sentiment de pureté et de gravité qui devient la garantie des actions de tout le jour. A ces exhortations elle joignait un certain nombre de maximes tirées de la Bible, sur lesquelles elle exigeait des commentaires et des méditations écrites, et enfin elle faisait présent à chacune des pensionnaires qui sortait, d'une petite VIERGE en argent, aux pieds de laquelle était gravé un lys et les lettres initiales de son nom : « *Portez* « *sans cesse sur votre sein, nuit et jour*, « recommandait-elle à ses élèves, *cette* « *image sacrée et tutélaire, elle vous pré-* « *servera des* ÉCUEILS DU MONDE; *consultez-* « *la surtout, cette Vierge protectrice de la* « *vertu, dans ces circonstances délicates,* « *épineuses dans lesquelles nos passions,* « *notre vanité cherchent à l'emporter sur* « *nos plus saints devoirs; ne décidez ja-* « *mais rien de suite; remettez au lende-* « *main, quand quelque cas embarras-* « *sant porte ombrage à vos principes et* « *aux intérêts de votre renommée. Avec* « *ces précautions, vous ne deviendrez ja-*

« *mais la victime de quelque embûche, de*
« *quelque imprudence, car la* VIERGE *aussi-*
« *tôt consultée, vous inspirera des pensées*
« *sublimes, une énergie extraordinaire qui*
« *triomphera dans votre cœur des plus*
« *violens désirs.* »

Au milieu de tous ces rapports édifians qui entretenaient dans toutes nos pensionnaires une sympathie d'émulation dont l'ingénieux foyer était dans le cœur vertueux de madame de Senneville, on s'achemina insensiblement vers le temps de LA DISTRIBUTION DES PRIX, époque anniversaire, cérémonie solennelle où le talent, le mérite de tous les genres était récompensé dans un appareil fait pour inspirer dans l'esprit de nos élèves la plus vive, la plus noble émulation.

Quel bonheur !.... quelle impatience pour toutes ces charmantes créatures !... On s'y prépara pour le moins deux mois d'avance ; le jardin devait être illuminé en verres de couleur, un feu d'artifice y serait tiré ; en outre, des décorateurs travaillaient déjà aux dispositions d'une salle très-vaste, consacrée, dans le local du Pensionnat, à cette fête annuelle.

Mais plaisons-nous à faire le tableau descriptif de ce décor plein de dignité et de sentiment.

D'abord des gradins circulaires étagés en amphithéâtre, garnis de grosses rosaces et d'un courant de feuilles de chêne artificielles, étaient disposés pour tous les parens des pensionnaires, qui y seraient assis sur de belles banquettes de velours cramoisi, garnies de franges d'or; des candélabres, des lustres chargés de bougies pour produire une brillante clarté; dans le fond de cette salle circulaire se voyaient les bustes des écrivains illustres qui ont consacré leur plume à l'éducation, tels que e grand FÉNÉLON, BOSSUET, MASSILLON, BERQUIN, LA FONTAINE, etc. etc.

Maintenant, sur une estrade faisant face au public, estrade couverte de superbes tapis de Turquie, on remarquait trois fauteuils en velours cramoisi brodé or; le premier, au milieu, destiné à MADAME L'INSTITUTRICE; le second, à sa droite, pour M. LE CURÉ DE LA PAROISSE, et le troisième pour son VICAIRE; près de là une vaste corbeille remplie de couronnes de fleurs, de feuilles de chêne et de laurier, et enfin de très-beaux livres dorés sur tranche, reliés avec luxe pour les prix divers, étaient placés sur une table près de laquelle une sous-maîtresse se tenait pour seconder madame de Senneville dans ce grand jour.....

Il vint enfin ce beau jour, et les premiers rayons de l'aurore, par leur éclat, témoignèrent que le Ciel souriait à la distribution des récompenses de la vertu et du talent. En effet, la journée s'annonça magnifique; ce matin-là la cloche du réveil n'eut pas besoin de faire entendre sa sonnerie, quelquefois si cruelle dans le courant de l'année : dort-on quand on est jeune, quand on a une toilette à faire, un discours à repasser dans sa mémoire, un concerto de harpe à étudier dix fois encore pour ne rien perdre de ses moyens? puis une anglaise à trois, une walse à quatre à répéter ?... sans doute, car madame de Senneville, voulant faire briller ses élèves suivant leurs dispositions naturelles, avait composé le programme de sa fête de la manière suivante, afin de déployer les talens de ses habiles élèves :

1°. Savoir, distribution générale des prix aux lumières;

2° Concerto de harpe exécuté par mademoiselle Adèle d'Aiglemont;

3°. Sonate touchée sur le piano par mademoiselle Laure Destrazy;

4° Un acte de la tragédie d'Esther avec ses chœurs, joué par toutes les élèves;

5° Une allemande à quatre, dansée par mesdemoiselles Aglaé, Mélanie, Julie et Hortense;

6°. Et enfin une anglaise à trois exécutée par des jeunes personnes de la classe *nacarat*.

Mes chères lectrices conçoivent qu'en outre de tous ces préparatifs, il y aurait encore de ces épisodes de situation dont le détail ici serait trop verbeux.

Mais quel remue-ménage le matin de ce grand jour dans le Pensionnat!... On ne voyait que des femmes de chambre, des couturières courir avec des cartons, avec des robes, dans les corridors; celle-ci répétait des fragmens d'histoire, celle-là un pas anglais. L'amour-propre, l'espérance d'être couronnée devant une assemblée brillante et nombreuse, faisait bondir tous les cœurs; aucune de nos pensionnaires ne put déjeuner, ne dîna même qu'à la hâte, uniquement possédée des scènes qui allaient décider de la supériorité des talens.

Déjà, sur les six heures du soir, le bruit des équipages retentit dans les cours; les familles commençaient à se placer : on y distinguait des femmes de qualité, des comtesses, des marquises, des gardes-du-corps, des colonels de la garde, dont le bel uniforme ajoutait un nouvel éclat à l'éclat des décors et des bougies.

Lorsque tout le monde eut pris place,

que madame l'Institutrice se fut assise dans son fauteuil, ayant à ses côtés les deux vénérables ecclésiastiques dont j'ai déjà parlé, l'orchestre exécuta divers morceaux de musique et divers airs analogues à la fête; puis un profond silence ayant régné dans toute la salle, madame de Senneville se leva et prononça un discours dont le texte était l'ÉMULATION.

A la justesse des idées, elle eut l'art de joindre le brillant de l'expression; elle sut y renfermer d'autant plus de choses, qu'elle fut très-laconique; le moyen de frapper vivement est d'être bref. M. le curé lui succéda, et les BEAUTÉS DE LA RELIGION, dont il fit une pieuse et éloquente peinture, pénétrèrent tous les cœurs des émotions les plus fortes; il envisagea ces BEAUTÉS sous le rapport de l'influence qu'elles devaient toujours avoir sur nos facultés intellectuelles, et prouva, par une pieuse et brillante logique, que les plus grands génies n'avaient dû leur immortalité qu'aux inspirations sublimes de la Religion : à cet égard, il cita une foule d'hommes, de femmes illustres, tels que le grand NEWTON, l'homme le plus religieux de son siècle, madame de Maintenon, la reine Berthe, le vaillant SAINT LOUIS, Racine, à qui l'amour de Dieu dicta son superbe poëme sur LA GRACE..., et une foule d'autres personnages fameux, soit dans les arts, soit dans les sciences et les armes, qui avaient été l'objet de l'admiration de leurs contemporains, comme ils le seraient de l'avenir.

M. le curé avait mis tant d'esprit et surtout tant d'onction dans son discours, que des pleurs, mais des pleurs délicieux, devinrent le témoignage général des applaudissemens de toute l'assemblée. Ces cérémonies préliminaires terminées, le moment de la DISTRIBUTION DES PRIX tant désiré approchait donc de plus en plus.... Si le cœur avait bondi le matin à toutes nos héroïnes, comme il palpitait de crainte et à la fois d'espoir!.... Quelle serait la mortelle favorisée qui remporterait le prix de talent, de sagesse?... Tous les regards se portaient en vain sur la belle Hélène, de la classe blanche; on n'avait que des probabilités, mais point du tout de certitude.

L'orchestre venait d'exécuter une symphonie très-mélodieuse, la sous-maîtresse, accompagnée de Clotilde, ayant parcouru une liste, nomma *Valérie* pour le prix de mémoire.... Des livres lui sont remis, une couronne lui est posée sur le front, et l'Institutrice l'embrasse avec tendresse... Quel triomphe plein de charmes!.... Valérie, plus heureuse de déposer sur les genoux de sa mère tous ses trophées, que de son propre triomphe, vole dans ses bras, où son front est arrosé des pleurs les plus doux de l'orgueil maternel. M. le curé sanctifiant en quelque sorte ces scènes d'ivresse, donna sa bénédiction aux heureuses couronnées, et la Religion posa sa céleste empreinte sur les succès de l'étude!...

Tantôt ce sont les prix de grammaire, de langue étrangère, d'écriture, d'arithmétique; tantôt ce sont ceux de physique, d'astronomie, de peinture, de musique, de dessin; chaque premier, chaque second prix amène une fanfare; les expansions succèdent aux expansions; les mères, les pères, les oncles sont heureux du bonheur de leurs filles, de leurs nièces, se félicitent de tous les sacrifices qu'ils ont faits dans le cours de l'année pour leur éducation, et ne voient plus rien désormais qui leur coûte pour la perfectionner....

Ah! mes chères lectrices, je m'arrêterai ici, dans ces grâcieux tableaux d'émulation, pour vous faire sentir combien il est doux pour vos parens, combien il est glorieux pour vous-même d'obtenir la palme de l'étude dans ce jour solennel où votre application peut faire goûter à vos familles les plus grandes jouissances de l'amour-propre paternel!... Travaillez donc sans relâche, étudiez, étudiez, réprimez vos mauvaises inclinations; ces efforts seront couronnés à LA DISTRIBUTION DES PRIX par les récompenses les plus flatteuses!...

Entendez-vous ces fanfares, ces battemens de mains qui proclament les prix de la sagesse, de la vertu, de l'esprit, du talent?... Votre imagination se fait-elle une idée exacte de ce ravissement, des étreintes maternelles, des larmes qui baignent votre visage?... Et ces couronnes de fleurs, et ces livres dorés, et cette assemblée nombreuse, brillante de parure, plus brillante encore par l'éclat des bougies!

Ah! que de foyers d'émulation!.... A peine a-t-on posé sur votre front radieux de joie la couronne briguée, que tout bas on vous nomme dans l'amphithéâtre; votre nom circule comme un diamant qu'on se passe et que chacun admire; ce n'est pas de votre rang, de vos richesses qu'on parle : là, vos aïeux n'ont rien à faire, et ne remportent pas de prix, mais uniquement votre mérite. Un jour vous montrerez ces livres à vos enfans; vous leur tracerez la route qui les a obtenus; elle vous sera familière!

Mais il est temps, après ces exhortations d'à propos, de revenir au programme : c'était à mademoiselle d'Aiglemont à pincer son *concerto* de harpe ; elle s'en acquitta avec tant de grâce et de dextérité, qu'elle fut couverte d'applaudissemens : mademoiselle Laure Destrazy ne fut point moins heureuse sur le piano.

Après ces scènes musicales, un rideau de fond se leva ; madame l'Institutrice, M. le curé et son vicaire, se placèrent sur la droite du théâtre, et la représentation de la tragédie du premier acte d'Esther commença avec les chœurs : on fut ravi de l'intelligence de ces intéressantes actrices qui, possédant parfaitement les règles de la versification, ne firent pas une seule faute de prosodie ! Quel touchant tableau ! Ce n'était pas ici de ces comédiennes à gages, toujours en opposition par leurs mœurs avec les maximes sublimes qu'elles déclament ; non, la vertu, la candeur jouaient là leurs rôles au naturel, et toutes nos pensionnaires n'avaient-elles pas l'innocence d'Esther ?...

C'était celle qui avait remporté le grand prix qui remplissait ce rôle; le grand prix lui accordant une sorte de privilége, d'après les statuts du pensionnat, elle ne demanda à sa chère Institutrice que la faveur de rendre la liberté à quelques unes de ses compagnes qui, pour n'avoir pas bien rempli leurs devoirs, avaient été mises *à la retenue*; elles furent donc aussitôt délivrées. Notre heureuse Esther les para des fleurs, des couronnes qu'on avait cumulées sur sa tête, et la joie revint dans ces jeunes cœurs que la honte avait si péniblement oppressés.

Enfin, *la walse*, *l'anglaise* terminèrent la cérémonie. Les costumes des danseuses étaient charmans: les walseuses, habillées en paysannes allemandes, formèrent les groupes, les passes, les enlacemens les plus ingénieux; et les Anglaises, mises en piquantes Ecossaises, présentèrent également le tableau le plus gracieux et le plus original. On croyait donc la fête entièrement finie par un ensemble de danse générale qui formait tableau et perspective, lorsque, par un coup de théâtre entièrement ignoré de madame de Senneville, la place qu'elle occupait avec les deux ministres fut métamorphosée en un bosquet absolument semblable à celui du jardin dans lequel avaient lieu les CAUSERIES. Aussitôt une couronne de fleurs s'abaissa sur la tête de l'Institutrice, et deux colombes privées vinrent déposer sur ses genoux un papier roulé auquel était fixée une quantité de rubans de diverses couleurs....

Nous n'entreprendrons pas de peindre le ravissement de la comtesse; nous arrangerions peut-être, avec quelque symétrie de réthorique, une scène de sentiment qui ne plaît que par son désordre. Madame de Senneville, émue au-delà de toute expression, ne savait donc ni comment dire le plaisir, l'ivresse qu'elle éprouvait, ni comment remercier l'ingénieux attachement de ses élèves qui avaient combiné en secret cette touchante surprise....

L'émotion générale un peu calmée, l'assemblée désira connaître ce que contenait le billet roulé... — Alors Clotilde l'ouvrit, et, s'avançant sur la scène, elle lut à haute voix les vers suivans :

« Sous un sombre bosquet, séjour de rêveries,
L'esprit aime à goûter d'aimables CAUSERIES ;
Le doux parfum des fleurs, le papillon errant,
Des lambris de lilas, le jasmin enivrant,
Les rayons du soleil, le ruisseau, le feuillage.....
Que ce tableau magique a d'empire au jeune âge!
C'est là que la CAUSEUSE, avec ses SOUVENIRS,
Déguisait ses LEÇONS en d'innocens plaisirs!.... »

Pendant cette lecture, la folle Aglaé, tenant le même papillon artificiel dont elle avait fait une sorte de lutin dans les PREMIÈRES CAUSERIES, répétait cette scène enjouée telle qu'elle avait eu lieu quelques mois auparavant, et toutes les élèves groupées autour du bosquet, ou plutôt assises sur un banc circulaire, semblable à celui consacré aux CONVERSATIONS, offraient à toutes les familles présentes le *négligé* touchant (si je puis m'exprimer ainsi) des modes d'instruction qu'avait imaginés, pour les loisirs des jeunes personnes, notre vertueuse Institutrice. Quant à elle, ce ne fut que par ses pleurs qu'elle répondit à ces témoignages d'amour et d'estime, qu'elle accueillit la digne récompense de tous ses soins maternels; pouvait-elle en recevoir un plus beau prix?.... Couronnée par ses élèves, couverte d'applaudissemens par les familles présentes, qui confirmèrent par leurs propres suffrages le tribut de gratitude et de tendresse de leurs enfans... Serait-il possible d'imaginer un succès plus délicieux, plus flatteur?...

M. le curé fut loin de rester muet dans cette scène d'ivresse générale; il complimenta madame de Senneville dans les termes les plus obligeans, en l'assurant que si quelque chose avait pu le surprendre dans tous ces hommages mérités, c'eût été que le cœur de ses jeunes élèves pût se priver d'un devoir aussi doux.

Enfin l'on servit un banquet magnifique auquel avaient été invités un grand nombre de parens; les danses reprirent ensuite, et lorsque les équipages revinrent, au lever de l'aurore, pour reprendre les familles, on entendait de toutes parts répéter ces mots si flatteurs :

« QU'IL EST DOUX DE CONFIER L'ÉDUCATION
« DE SES ENFANS A DES INSTITUTRICES QUI ONT
« LES VERTUS ET LES TALENS DE MADAME LA
« COMTESSE DE SENNEVILLE, ET QUI, PAR LEUR
« ESPRIT, ONT LE DROIT DE PRENDRE AUSSI BIEN
« QU'ELLE LE TITRE DE : LA CAUSEUSE DES PEN-
« SIONNATS ! »

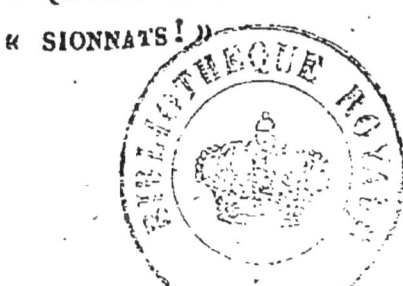

FIN.

[illegible] de [illegible] les [illegible] sortie, et lorsque les orages revinrent, au lever de l'aurore, pour reprendre les familles [illegible] dispersées [illegible].

[illegible] QU'IL SERAIT À DÉSIRER QUE L'ÉDUCATION DE SES ENFANS À PEU PRÈS [illegible], QUI EST LES VERTUS [illegible] LES TABLES DE MADAME LA COMTESSE [illegible], ET QUI, PAR LEUR [illegible] DE FAIRE AIMER LES [illegible] QU'ELLE EN [illegible] LA PRATIQUE DES PEN- [illegible]

TABLE DES MATIÈRES.

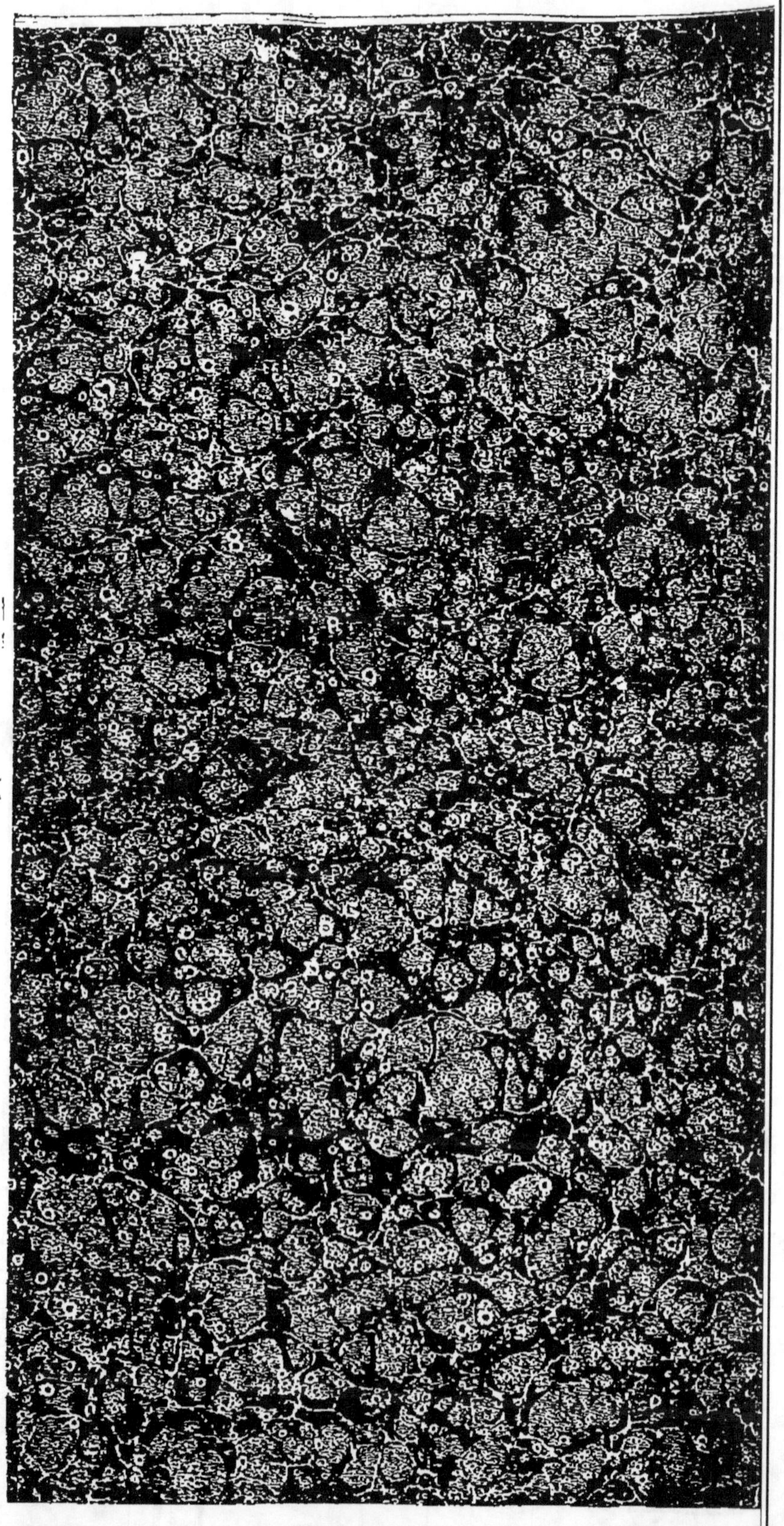

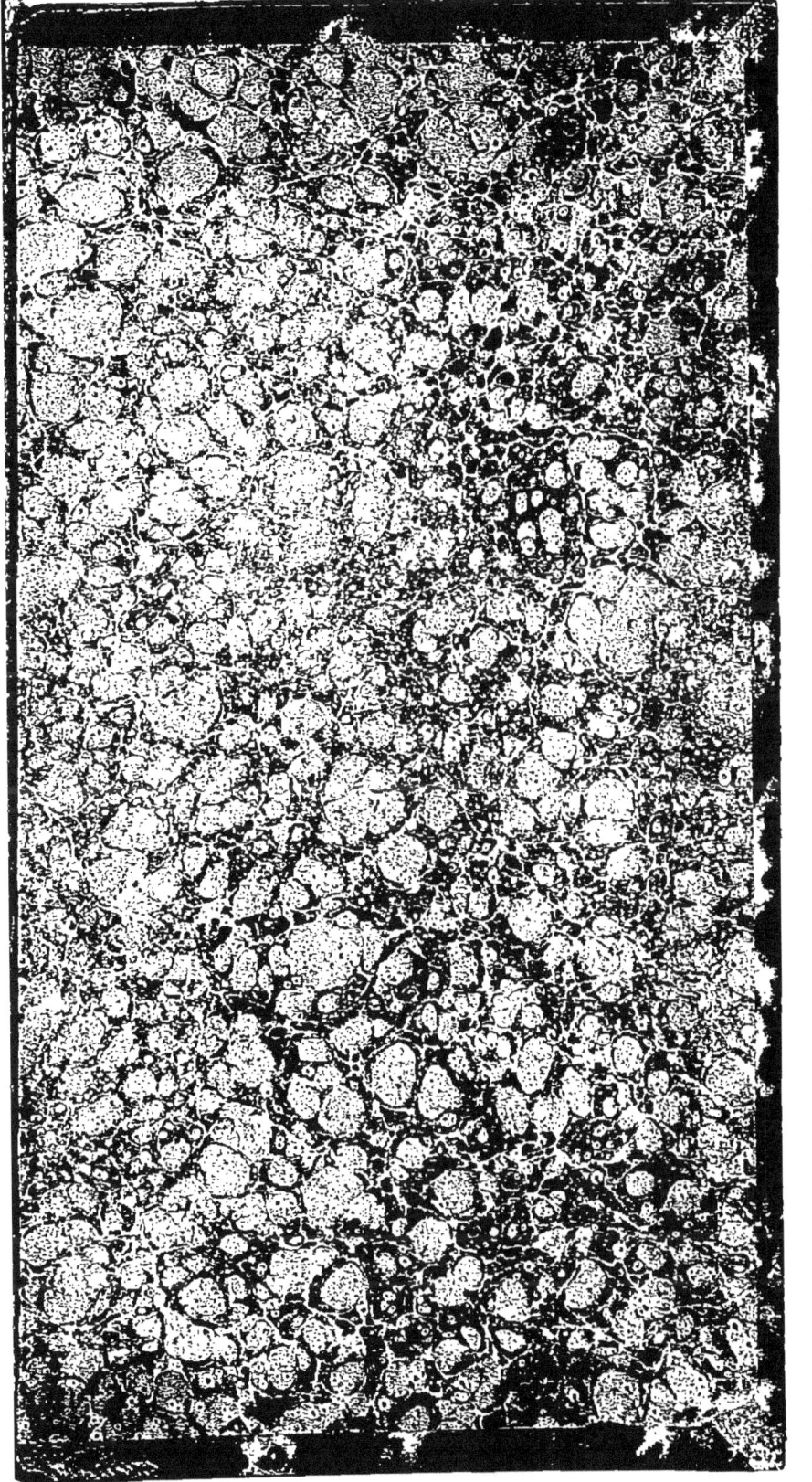

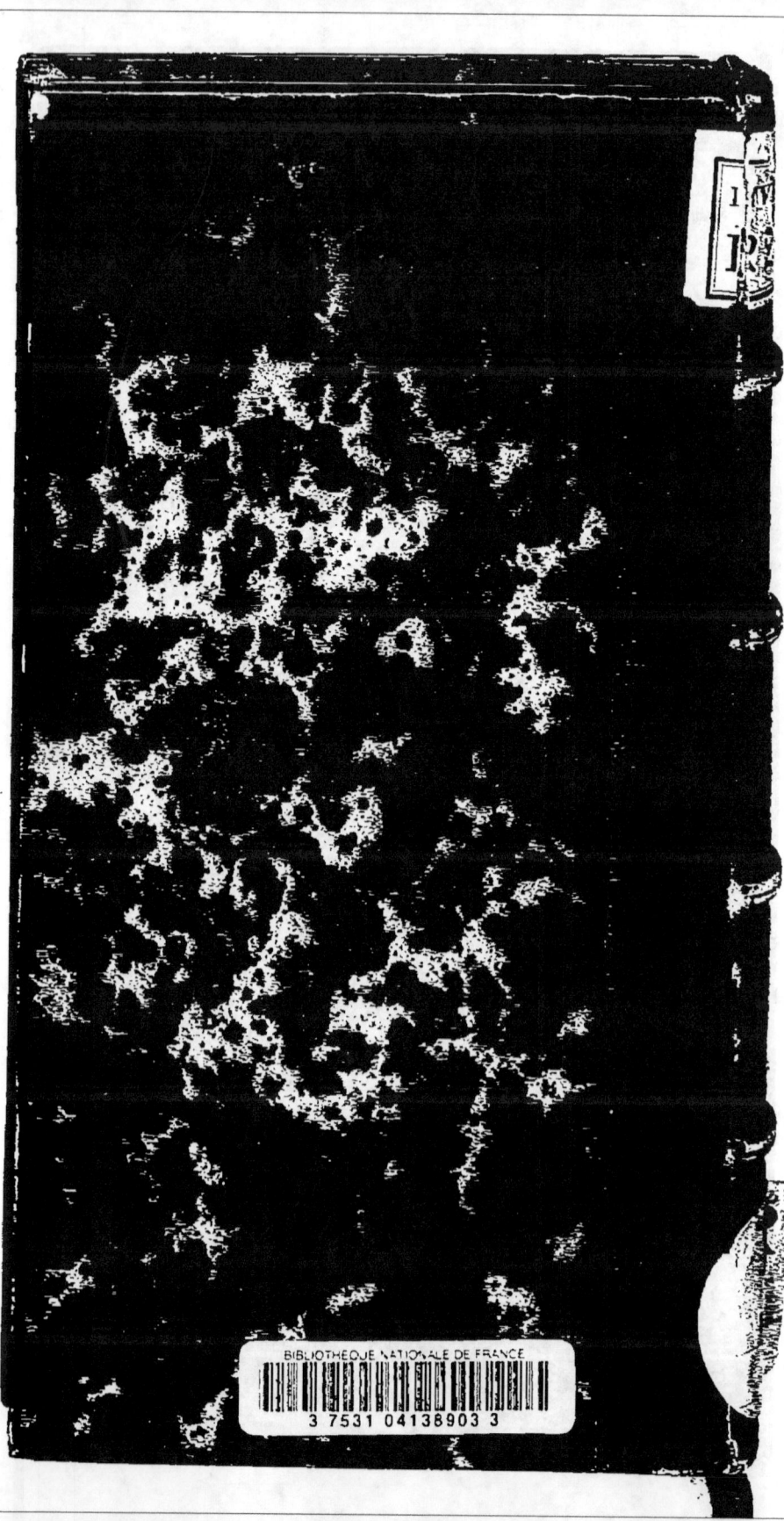